徐志摩诗歌精选

徐志摩 著

群言出版社
QUNYAN PRESS
·北京·

图书在版编目（CIP）数据

徐志摩诗歌精选 / 徐志摩著 . -- 北京 : 群言出版
社，2022.1
ISBN 978-7-5193-0704-2

Ⅰ. ①徐… Ⅱ. ①徐… Ⅲ. ①诗集—中国—现代
Ⅳ. ① I226

中国版本图书馆 CIP 数据核字（2021）第 260668 号

责任编辑：李　群　云　霄
特邀编辑：凌　翔
封面设计：陈　姝

出版发行：群言出版社
地　　址：北京市东城区东厂胡同北巷 1 号（100006）
网　　址：www.qypublish.com（官网书城）
电子信箱：qunyancbs@126.com
联系电话：010-65267783　65263836
经　　销：全国新华书店

印　　刷：唐山楠萍印务有限公司
版　　次：2022 年 1 月第 1 版
印　　次：2022 年 1 月第 1 次印刷
开　　本：165mm×230mm　　1/16
印　　张：16
字　　数：220 千字
书　　号：ISBN 978-7-5193-0704-2
定　　价：49.80 元

假如我是一朵雪花，
翩翩的在半空里潇洒，
　我一定认清我的方向——
　飞飏，飞飏，飞飏——
这地面上有我的方向。

现代新月派代表诗人，胡适称赞他是
"一道永远不停息的生命之泉。"

目录

Contents

二 翡冷翠的一夜

三　猛虎集

四 云游

附录

一　志摩的诗

雪花的快乐 *

假如我是一朵雪花，

翩翩的在半空里潇洒，

　我一定认清我的方向——

　　飞飏，飞飏，飞飏，——

这地面上有我的方向。

不去那冷寞的幽谷，

不去那凄清的山麓，

　也不上荒街去惆怅——

　　飞飏，飞飏，飞飏，——

你看，我有我的方向！

在半空里娟娟的飞舞，

认明了那清幽的住处，

　等着她来花园里探望——

　　飞飏，飞飏，飞飏，——

　*　本书以人民文学出版社《雪花的快乐：徐志摩诗集》，百花文艺出版社《志摩的诗》(影印版)、《翡冷翠的一夜》(影印版)、《猛虎集》(影印版)，上海科学技术文献出版社《云游》(影印版)，中央编译出版社《翡冷翠的一夜》为基础，参考其他一些版本进行编选。——编者注

啊，她身上有朱砂梅的清香！

那时我凭藉我的身轻，
盈盈的，沾住了她的衣襟，
　　贴近她柔波似的心胸——
　　消溶，消溶，消溶——
溶入了她柔波似的心胸！

沙扬娜拉一首

——赠日本女郎

最是那一低头的温柔，

　　像一朵水莲花不胜凉风的娇羞，

道一声珍重，道一声珍重，

　　那一声珍重里有蜜甜的忧愁——

　　沙扬娜拉！

落叶小唱

一阵声响转上了阶沿
（我正挨近着梦乡边；）
这回准是她的脚步了，我想——
　　在这深夜！

一声剥啄在我的窗上
（我正靠紧着睡乡旁；）
这准是她来闹着玩——你看，
　　我偏不张皇！

一个声息贴近我的床，
我说（一半是睡梦，一半是迷惘）——
"你总不能明白我，你又何苦
　　多叫我心伤！"

一声喟息落在我的枕边
（我已在梦乡里留恋；）
"我负了你"你说——你的热泪
　　烫着我的脸！

这音响恼着我的梦魂

（落叶在庭前舞，一阵，又一阵；）

梦完了，啊，回复清醒；恼人的——

　　却只是秋声！

为 谁

这几天秋风来得格外尖厉：
　　我怕看我们的庭院，
　　树叶伤鸟似的猛旋，
　　中着了无形的利箭——
没了，全没了；生命，颜色，美丽：

就剩下西墙上的几道爬山虎：
　　他那豹斑似的秋色，
　　忍熬着风拳的打击，
　　低低的喘一声呜咽——
"我为你耐着！"他仿佛对我声诉。

他为我耐着！那艳色的秋萝，
　　但秋风不容情的追，
　　追，（摧残是他的恩惠！）
　　追尽了生命的余辉！——
这回墙上不见了勇敢的秋萝！

今夜那青光的三星在天上，
　　倾听着秋后的空院，

悄悄的，更不闻呜咽：
落叶在泥土里安眠——
只我在这深夜，啊，为谁凄惘?

问　谁

问谁？阿，这光阴的播弄
　　问谁去声诉，
在这冻沉沉的深夜，凄风
　　吹拂她的新墓？

"看守，你须用心的看守，
　　这活泼的流溪，
莫错过，在这清波里优游，
　　青脐与红鳍！"

那无声的私语在我的耳边
　　似曾幽幽的吹嘘，——
像秋雾里的远山，半化烟，
　　在晓风前卷舒。

因此我紧揽着我生命的绳网，
　　像一个守夜的渔翁，
兢兢的，注视着那无尽流的时光——
　　私冀有彩鳞掀涌。

但如今，如今只余这破烂的渔网——
　　嘲讽我的希冀，
我喘息的怅望着不复返的时光：
　　泪依依的憔悴！

又何况在这黑夜里徘徊，
　　黑夜似的痛楚：
一个星芒下的黑影凄迷——
　　留连着一个新墓！

问谁……我不敢怆呼，怕惊扰
　　这墓底的清淳；
我俯身，我伸手向她搂抱——
　　阿，这半潮润的新坟！

这惨人的旷野无有边沿，
　　远处有村火星星，
丛林中有鸱鸮在悍辩——
　　此地有伤心，只影！

这黑夜，深沉的，环包着大地：
　　笼罩着你与我——
你，静凄凄的安眠在墓底；
　　我，在迷醉里摩挲！

正愿天光更不从东方

按时的泛滥：
我便永远依偎着这墓旁——
　在沉寂里消幻——

但青曦已在那天边吐露，
　苏醒的林鸟，
已在远近间相应的喧呼——
　又是一度清晓。

不久，这严冬过去，东风
　又来催促青条：
便妆缀这冷落的墓宫，
　亦不无花草飘飖。

但为你，我爱，如今永远封禁
　在这无情的地下——
我更不盼天光，更无有春信：
　我的是无边的黑夜！

这是一个懦怯的世界

这是一个懦怯的世界，
　　容不得恋爱，容不得恋爱！
披散你的满头发，
赤露你的一双脚；
　　跟着我来，我的恋爱，
抛弃这个世界
殉我们的恋爱！

我拉着你的手，
爱，你跟着我走；
　　听凭荆棘把我们的脚心刺透，
　　听凭冰雹劈破我们的头，
你跟着我走，
我拉着你的手，
　　逃出了牢笼，恢复我们的自由！

　　跟着我来
　　我的恋爱！
人间已经掉落在我们的后背，——
看呀，这不是白茫茫的大海？

白茫茫的大海，

白茫茫的大海，

  无边的自由，我与你与恋爱！

顺着我的指头看，

那天边一小星的蓝——

  那是一座岛，岛上有青草，

  鲜花，美丽的走兽与飞鸟；

快上这轻快的小艇，

去到那理想的天庭——

  恋爱，欢欣，自由——辞别了人间，永远！

去　罢

去罢，人间，去罢！
　我独立在高山的峰上；
去罢，人间，去罢！
　我面对着无极的穹苍。

去罢，青年，去罢！
　与幽谷的香草同埋；
去罢，青年，去罢！
　悲哀付与暮天的群鸦。

去罢，梦乡，去罢！
　我把幻景的玉杯摔破；
去罢，梦乡，去罢！
　我笑受山风与海涛之贺。

去罢，种种，去罢！
　当前有插天的高峰；
去罢，一切，去罢！
　当前有无穷的无穷！

一星弱火

我独坐在半山的石上，
　　看前峰的白云蒸腾，
一只不知名的小雀，
　　嘲讽着我迷惘的神魂。

白云一饼饼的飞升，
　　化入了辽远的无垠；
但在我逼仄的心头，啊，
　　却凝敛着惨雾与愁云！

皎洁的晨光已经透露，
　　洗净了青屿似的前峰；
像墓墟间的磷光惨淡，
　　一星的微焰在我的胸中。

但这惨淡的弱火一星，
　　照射着残骸与余烬，
虽则是往迹的嘲讽，
　　却绵绵的长随时间进行！

为要寻一个明星

我骑着一匹拐腿的瞎马，
　　向着黑夜里加鞭；——
　　向着黑夜里加鞭，
我跨着一匹拐腿的瞎马。

我冲入这黑绵绵的昏夜，
　　为要寻一颗明星；——
　　为要寻一颗明星，
我冲入这黑茫茫的荒野。

累坏了，累坏了我胯下的牲口，
　　那明星还不出现；——
　　那明星还不出现，
累坏了，累坏了马鞍上的身手。

这回天上透出了水晶似的光明，
　　荒野里倒着一只牲口，
　　黑夜里躺着一具尸首——
这回天上透出了水晶似的光明！

不再是我的乖乖

一

前天我是一个小孩，
这海滩最是我的爱；
早起的太阳赛如火炉，
趁暖和我来做我的工夫：
捡满一衣兜的贝壳，
在这海砂上起造宫阙：
哦，这浪头来得凶恶，
冲了我得意的建筑——
我喊一声海，海！
你是我小孩儿的乖乖！

二

昨天我是一个"情种"，
到这海滩上来发疯；
西天的晚霞慢慢的死，

血红变成姜黄，又变紫，

一颗星在半空里窥伺，

我匐伏在砂堆里画字，

一个字，一个字，又一个字，

谁说不是我心爱的游戏？

我喊一声海，海！

不许你有一点儿的更改！

三

今天！咳，为什么要有今天？

不比从前，没了我的疯癫，

再没有小孩时的新鲜，

这回再不来这大海的边沿！

头顶不见天光的方便，

海上只暗沉沉的一片，

暗潮侵蚀了砂字的痕迹，

却冲不淡我悲惨的颜色——

我喊一声海，海！

你从此不再是我的乖乖！

多谢天！我的心又一度的跳荡

多谢天！我的心又一度的跳荡，
这天蓝与海青与明洁的阳光，
驱净了梅雨时期无欢的踪迹，
也散放了我心头的网罗与纽结，
像一朵曼陀罗花英英的露爽，
在空灵与自由中忘却了迷惘：——
迷惘迷惘！也不知来自何处，
囚禁着我心灵的自然的流露，
可怖的梦魇，黑夜无边的惨酷，
苏醒的盼切，只增剧灵魂的麻木！
曾经有多少的白昼，黄昏，清晨，
嘲讽我这蚕茧似不生产的生存？
也不知有几遭的明月，星群，晴霞，
山岭的高亢与流水的光华……
辜负！辜负自然界叫唤的殷勤，
惊不醒这沉醉的昏迷与顽冥！

如今多谢这无名的博大的光辉，
在艳色的青波与绿岛间萦洄，
更有那渔船与帆影，亭亭的黏附

在天边，唤起辽远的梦景与梦趣：
我不由的惊悚，我不由的感愧；
（有时微笑的妩媚是启悟的棒槌！）
是何来倏忽的神明，为我解脱
忧愁，新竹似的豁裂了外箨，
透露内里的青篁，又为我洗净
障眼的盲翳，重见宇宙间的欢欣。

这或许是我生命重新的机兆；
大自然的精神！容纳我的祈祷，
容许我的不踌躇的注视，容许
我的热情的献致，容许我保持
这显示的神奇，这现在与此地，
这不可比拟的一切间隔的毁灭！
我更不问我的希望，我的惆怅，
未来与过去只是渺茫的幻想，
更不向人间访问幸福的进门，
只求每时分给我不死的印痕，——
变一颗埃尘，一颗无形的埃尘，
追随着造化的车轮，进行，进行……

我有一个恋爱

我有一个恋爱，
我爱天上的明星，
我爱他们的晶莹：——
　　人间没有这异样的神明。

在冷峭的暮冬的黄昏，
在寂寞的灰色的清晨，
在海上，在风雨后的山顶：——
　　永远有一颗，万颗的明星！

山涧边小草花的知心，
高楼上小孩童的欢欣，
旅行人的灯亮与南针：——
　　万万里外闪烁的精灵！

我有一个破碎的魂灵，
像一堆破碎的水晶，
散布在荒野的枯草里：——
　　饱啜你一瞬瞬的殷勤。

人生的冰激与柔情，
我也曾尝味，我也曾容忍；
有时阶砌下蟋蟀的秋吟：——
　　引起我心伤，逼迫我泪零。

我袒露我的坦白的胸襟，
　　献爱与一天的明星；
任凭人生是幻是真，
地球存在或是消泯：——
　　大空中永远有不昧的明星！

无 题

原是你的本分，朝山人的胫踝，
这荆刺的伤痛！回看你的来路，
看那草丛乱石间斑斑的血迹，
在暮霭里记认你从来的踪迹！
且缓抚摩你的肢体，你的止境
还远在那白云环拱处的山岭！

无声的暮烟，远从那山麓与林边，
渐渐的潮没了这旷野，这荒天，
你渺小的子影面对这冥盲的前程，
像在怒涛间的轻航失去了南针；
更有那黑夜的恐怖，悚骨的狼嗥，
狐鸣，鹰啸，蔓草间有蝮蛇缠绕！

退后？——昏夜一般的吞蚀血染的来踪，
倒地？——这懦怯的累赘问谁去收容？
前冲？阿，前冲！冲破这黑暗的冥凶，
冲破一切的恐怖，迟疑，畏葸，苦痛；
血淋漓的践踏过三角棱的劲刺，
从莽中伏兽的利爪，蜿蜒的虫豸！

前冲；灵魂的勇是你成功的秘密！
这回你看，在这决心舍命的瞬息，
迷雾已经让路，让给不变的天光，
一弯青玉似的明月在云隙里探望，
依稀窗纱间美人启齿的瓠犀，——
那是灵感的赞许，最恩宠的赠与！

更有那高峰，你那最想望的高峰，
亦已涌现在当前，莲苞似的玲珑，
在蓝天里，在月华中，秾艳，崇高，——
朝山人，这异象便是你跋涉的酬劳！

消　息

雷雨暂时收敛了；
　双龙似的双虹，
　显现在雾霭中，
　夭矫，鲜艳，生动，——
好兆！明天准是好天了。

什么！又（是一阵）打雷了，——
　在云外，在天外，
　又是一片暗淡，
　不见了鲜虹彩，——
希望，不曾站稳，又毁了。

夜半松风

这是冬夜的山坡，
坡下一座冷落的僧庐，
庐内一个孤独的梦魂：
    在忏悔中祈祷，在绝望中沉沦；——

为什么这怒叫，这狂啸，
鼍①鼓与金钲与虎与豹？
为什么这幽诉，这私慕？
烈情的惨剧与人生的坎坷——
    又一度潮水似的淹没了
这彷徨的梦魂与冷落的僧庐？

————————————

① 鼍（tuó）：扬子鳄。

月下雷峰影片

我送你一个雷峰塔影,
　满天稠密的黑云与白云;
我送你一个雷峰塔顶,
　明月泻影在眠熟的波心。

深深的黑夜,依依的塔影,
　团团的月彩,纤纤的波鳞——
假如你我荡一支无遮的小艇,
　假如你我创一个完全的梦境!

沪杭车中

匆匆匆！催催催！
一卷烟，一片山，几点云影，
一道水，一条桥，一支橹声，
一林松，一丛竹，红叶纷纷：

艳色的田野，艳色的秋景，
梦境似的分明，模糊，消隐，——
催催催！是车轮还是光阴？
催老了秋容，催老了人生！

难　得

难得，夜这般的清静，
　　难得，炉火这般的温，
更是难得，无言的相对，
　　一双寂寞的灵魂！

也不必筹营，也不必评论，
　　更没有虚骄，猜忌与嫌憎，
只静静的坐对着一炉火，
　　只静静的默数远巷的更。

喝一口白水，朋友，
　　滋润你的干裂的口唇；
你添上几块煤，朋友，
　　一炉的红焰感念你的殷勤。

在冰冷的冬夜，朋友，
　　人们方始珍重难得的炉薪；
在这冰冷的世界，
　　方始凝结了少数同情的心！

古怪的世界

从松江的石湖塘

上车来老妇一双，

颤巍巍的承住弓形的老人身，

多谢（我猜是）普渡山的盘龙藤。

青布棉袄，黑布棉套，

头毛半秃，齿牙半耗：

肩挨肩的坐落在阳光暖暖的窗前，

畏葸的，呢喃的，像一对寒天的老燕；

震震的干枯的手背，

震震的皱缩的下颏：

这二老！是妯娌，是姑嫂，是姊妹？——

紧挨着，老眼中有伤悲的眼泪！

怜悯！贫苦不是卑贱，

老衰中有无限庄严；——

老年人有什么悲哀，为什么凄伤？

为什么在这快乐的新年，抛却家乡？

同车里杂沓的人声，

轨道上疾转着车轮；

我独自的，独自的沉思这世界的古怪——

是谁吹弄着那不调谐的人道的音籁？

天国的消息

可爱的秋景！无声的落叶，
轻盈的，轻盈的，掉落在这小径，
竹篱内，隐约的，有小儿女的笑声：

呖呖的清音，缭绕着村舍的静谧，
仿佛是幽谷里的小鸟，欢噪着清晨，
驱散了昏夜的晦塞，开始无限光明。

霎那的欢欣，昙花似的涌现，
开豁了我的情绪，忘却了春恋，
人生的惶惑与悲哀，惆怅与短促——
　　在这稚子的欢笑声里，想见了天国！

晚霞泛滥着金色的枫林，
凉风吹拂着我孤独的身形；
我灵海里啸响着伟大的波涛，
应和更伟大的脉搏，更伟大的灵潮！

乡村里的音籁

小舟在垂柳荫间缓泛——
　一阵阵初秋的凉风，
　吹生了水面的漪绒，
吹来两岸乡村里的音籁。

我独自凭着船窗闲憩，
　静看着一河的波幻，
　静听着远近的音籁——
又一度与童年的情景默契！

这是清脆的稚儿的呼唤，
　田场上工作纷纭，
　竹篱边犬吠鸡鸣：
但这无端的悲感与凄惋！

白云在蓝天里飞行：
　我欲把恼人的年岁，
　我欲把恼人的情爱，
托付与无涯的空灵——消泯；

回复我纯朴的，美丽的童心：
　　像山谷里的冷泉一勺，
　　像晓风里的白头乳鹊，
像池畔的草花，自然的鲜明。

她是睡着了

　　她是睡着了——
星光下一朵斜欹的白莲；
　　她入梦境了——
香炉里袅起一缕碧螺烟。

　　她是眠熟了——
涧泉幽抑了喧响的琴弦；
　　她在梦乡了——
粉蝶儿，翠蝶儿，翻飞的欢恋。

　　停匀的呼吸：
清芬，渗透了她的周遭的清氛；
　　有福的清氛
怀抱着，抚摩着，她纤纤的身形！

　　奢侈的光阴！
静，沙沙的尽是闪亮的黄金，
　　平铺着无垠，——
波鳞间轻漾着光艳的小艇。

醉心的光景：
给我披一件彩衣，啜一坛芳醴，
　折一支藤花，
舞，在葡萄丛中颠倒，昏迷。

　看呀，美丽！
三春的颜色移上了她的香肌，
　是玫瑰，是月季，
是朝阳里的水仙，鲜妍，芳菲！

　梦底的幽秘，
挑逗着她的心——她纯洁的灵魂——
　像一只蜂儿，
在花心恣意的唐突——温存。

　童真的梦境！
静默，休教惊断了梦神的殷勤；
　抽一丝金络，
抽一丝银络，抽一丝晚霞的紫曛。

　玉腕与金梭，
织缣似的精审，更番的穿度——
　化生了彩霞，
神阙，安琪儿的歌，安琪儿的舞。

可爱的梨涡，

解释了处女的梦境的欢喜，

像一颗露珠，

颤动的，在荷盘中闪耀着晨曦！

五老峰

不可摇撼的神奇，

　　　　不容注视的威严，

这耸峙，这横蟠，

　　　　这不可攀援的峻险！

看！那巉岩缺处

　　　　透露着天，窈远的苍天，

在无限广博的怀抱间，

　　　　这磅礴的伟象显现！

是谁的意境，是谁的想象？

　　　　是谁的工程与搏造的手痕？

在这亘古的空灵中，

　　　　陵慢着天风，天体与天氛！

有时朵朵明媚的彩云，

　　　　轻颤的妆缀着老人们的苍鬓，

像一树虬干的古梅在月下

　　　　吐露了艳色鲜葩的清芬！

山麓前伐木的村童，

　　　　在山涧的清流中洗濯，呼啸，

认识老人们的嗔颦，

　　　　迷雾海沫似的喷涌，铺罩，

淹没了谷内的青林，

　　　　隔绝了鄱阳的水色袅淼，

陡壁前闪亮着火电，听呀！

　　　　五老们在渺茫的雾海外狂笑！

朝霞照他们的前胸，

　　　　晚霞戏逗着他们赤秃的头颅；

黄昏时，听异鸟的欢呼，

　　　　在他们鸠盘的肩旁怯怯的透露

不昧的星光与月彩：

　　　　柔波里缓泛着的小艇与轻舸。

听呀！在海会静穆的钟声里，

　　　　有朝山人在落叶林中过路！

更无有人事的虚荣，

　　　　更无有尘世的仓促与噩梦，

灵魂！记取这从容与伟大，

　　　　在五老峰前饱啜自由的山风！

这不是山峰，这是古圣人的祈祷，

　　　　凝聚成这"冻乐"似的建筑神工，

给人间一个不朽的凭证——

　　　　一个"崛强的疑问"在无极的蓝空！

朝雾里的小草花

这岂是偶然，小玲珑的野花！
　　你轻含着鲜露颗颗，
　　像是慕光明的花蛾，
在黑暗了想念着焰彩、晴霞；

我此时在这蔓草丛中过路，
　　无端的内感，惆怅与惊讶，
　　在这迷雾里，在这岩壁下，
思忖着，泪怦怦的，人生与鲜露？

在那山道旁

在那山道旁，一天雾濛濛的朝上，
初生的小蓝花在草丛里窥觑，
我送别她归去，与她在此分离，
在青草里飘拂她的洁白的裙衣。

我不曾开言，她亦不曾告辞，
驻足在山道旁，我黯黯的寻思：
"吐露你的秘密，这不是最好时机？"——
露湛的小草花，仿佛恼我的迟疑。

为什么迟疑，这是最后的时机，
在这山道旁，在这雾盲的朝上？
收集了勇气，向着她我旋转身去：——
但是阿！为什么她这满眼凄惶？

我咽住了我的话，低下了我的头：
火灼与冰激在我的心胸间回荡，
阿，我认识了我的命运，她的忧愁，——
在这浓雾里，在这凄清的道旁！

在那天朝上，在雾茫茫的山道旁，
新生的小蓝花在草丛里睥睨，
我目送她远去，与她从此分离——
在青草间飘拂，她那洁白的裙衣！

石虎胡同七号

我们的小园庭，有时荡漾着无限温柔：
善笑的藤娘，袒酥怀任团团的柿掌绸缪，
百尺的槐翁，在微风中俯身将棠姑抱搂，
黄狗在篱边，守候睡熟的珀儿，他的小友，
小雀儿新制求婚的艳曲，在媚唱无休——
我们的小园庭，有时荡漾着无限温柔。

我们的小园庭，有时淡描着依稀的梦景；
雨过的苍茫与满庭荫绿，织成无声幽瞑，
小蛙独坐在残兰的胸前，听隔院蚓鸣，
一片化不尽的雨云，倦展在老槐树顶，
掠檐前作圆形的舞旋，是蝙蝠，还是蜻蜓？——
我们的小园庭，有时淡描着依稀的梦景。

我们的小园庭，有时轻喟着一声奈何；
奈何在暴雨时，雨搥下捣烂鲜红无数，
奈何在新秋时，未凋的青叶惆怅地辞树，
奈何在深夜里，月儿乘云艇归去，西墙已度，
远巷薤露的乐音，一阵阵被冷风吹过——
我们的小园庭，有时轻喟着一声奈何。

我们的小园庭，有时沉浸在快乐之中；
雨后的黄昏，满院只美荫，清香与凉风，
大量的蹇翁，巨樽在手，蹇足直指天空，
一斤，两斤，杯底喝尽，满怀酒欢，满面酒红，
连珠的笑响中，浮沉着神仙似的酒翁——
我们的小园庭，有时沉浸在快乐之中。

先生！先生！

钢丝的车轮
在偏僻的小巷内飞奔——
"先生，我给先生请安您哪，先生。"

迎面一蹲身
一个单布裤的女孩颤动着呼声——
雪白的车轮在冰冷的北风里飞奔。

紧紧的跟，紧紧的跟，
破烂的孩子追赶着铄亮的车轮
"先生，可怜我一大化吧，善心的先生！"

"可怜我的妈，
她又饿又冻又病，躺在道儿边直呻——
您修好，赏给我们一顿窝窝头您哪，先生！"

"没有带子儿。"
坐车的先生说，车里戴大皮帽的先生——
飞奔，急转的双轮，紧追，小孩的呼声。

一路旋风似的土尘，

土尘里飞转着银晃晃的车轮——

"先生，可是您出门不能不带钱您哪，先生。"

"先生！……先生！"

紫涨的小孩，气喘着，断续的呼声——

飞奔，飞奔，橡皮的车轮不住的飞奔。

飞奔……先生……

飞奔……先生……

先生……先生……先生……

叫化活该

"行善的大姑，修好的爷，"
　　西北风尖刀似的猛刺着他的脸，
"赏给我一点你们吃剩的油水吧！"
　　一团模糊的黑影，挨紧在大门边。

"可怜我快饿死了，发财的爷，"
　　大门内有欢笑，有红炉，有玉杯；
"可怜我快冻死了，有福的爷，"
　　大门外西北风笑说，"叫化活该！"

我也是战栗的黑影一堆，
　　蠕伏在人道的前街；
我也只要一些同情的温暖，
　　遮掩我的剐残的余骸——

但这沉沉的紧闭的大门：谁来理睬
街道上只冷风的嘲讽，"叫化活该！"

谁知道

我在深夜里坐着车回家——
一个褴褛的老头他使着劲儿拉；
　　天上不见一个星，
　　街上没有一只灯：
　　那车灯的小火
　　冲着街心里的土——
　　左一个颠簸，右一个颠簸，
　　拉车的走着他的踉跄步；
　　……

"我说拉车的，这道儿那儿能这么的黑？"
"可不是先生？这道儿真——真黑！"
他拉——拉过了一条街，穿过了一座门，
转一个弯，转一个弯，一般的暗沉沉；——
　　天上不见一个星，
　　街上没有一个灯，
　　那车灯的小火
　　蒙着街心里的土——
　　左一个颠簸，右一个颠簸，
　　拉车的走着他的踉跄步；

......

"我说拉车的，这道儿那儿能这么的静？"
"可不是先生？这道儿真——真静！"
他拉——紧贴着一垛墙，长城似的长，
过一处河沿，转入了黑遥遥的旷野；——
　　天上不露一颗星，
　　道上没有一只灯，
　　那车灯的小火
　　晃着道儿上的土——
　　左一个颠簸，右一个颠簸，
　　拉车的走着他的踉跄步；
　　　　......

"我说拉车的，怎么这儿道上一个人都不见？"
"倒是有，先生，就是您不大瞧得见！"
　　我骨髓里一阵子的冷——
那边青缭缭的是鬼还是人？
仿佛听着呜咽与笑声——
阿，原来这遍地都是坟！
　　天上不亮一颗星，
　　道上没有一只灯，
　　那车灯的小火
　　缭着道儿上的土——
　　左一个颠簸，右一个颠簸，
　　拉车的跨着他的踉跄步；

......

"我说——我说拉车的喂！这道儿那……那儿有这么远？"
"可不是先生？这道儿真——真远！"
"可是……你拉我回家……你走错了道儿没有！"
"谁知道先生！谁知道走错了道儿没有！"

我在深夜里坐着车回家，
一堆不相识的褴褛他，使着劲儿拉；
　　天上不明一颗星，
　　道上不见一只灯：
　　只那车灯的小火
　　袅着道儿上的土——
　　左一个颠簸，右一个颠簸，
　　拉车的跨着他的蹒跚步。

残 诗

怨谁？怨谁？这不是青天里打雷？
关着，锁上；赶明儿瓷花砖上堆灰！
别瞧这白石台阶儿光滑，赶明儿，唉，
石缝里长草，石板上青青的全是莓！
那廊下的青玉缸里养着鱼，真凤尾，
可还有谁给换水，谁给捞草，谁给喂？
要不了三五天准翻着白肚鼓着眼，
不浮着死，也就让冰分儿压一个扁！
顶可怜是那几个红嘴绿毛的鹦哥，
让娘娘教得顶乖，会跟着洞箫唱歌，
真娇养惯，喂食一迟，就叫人名儿骂，
现在，您叫去！就剩空院子给您答话！……

盖上几张油纸

一片，一片，半空里
　　掉下雪片；
有一个妇人，有一个妇人，
　　独坐在阶沿。

虎虎的，虎虎的，风响
　　在树林间；
有一个妇人，有一个妇人，
　　独自在哽咽。

为什么伤心，妇人，
　　这大冷的雪天？
为什么啼哭，莫非是
　　失掉了钗钿？

不是的，先生，不是的，
　　不是为了钗钿；
也是的，也是的，我不见了
　　我的心恋。

那边松林里，山脚下，先生，
　　有一只小木箧，
装着我的宝贝，我的心，
　　三岁儿的嫩骨！

昨夜我梦见我的儿：
　　叫一声"娘呀——
天冷了，天冷了，天冷了，
　　儿的亲娘呀！"

今天果然下大雪，屋檐前
　　望得见冰条，
我在冷冰冰的被窝里摸——
　　摸我的宝宝。

方才我买来几张油纸，
　　盖在儿的床上；
我唤不醒我熟睡的儿——
　　我因此心伤。

一片，一片，半空里
　　掉下雪片；
有一个妇人，有一个妇人，
　　独坐在阶沿。

虎虎的，虎虎的，风响

　　在树林间；

有一个妇人，有一个妇人，

　　独自在哽咽。

太平景象

"卖油条的，来六根——再来六根。"
"要香烟吗，老总们，大英牌，大前门？
多留几包也好，前边什么买卖都不成。"

"这枪好，德国来的，装弹时手顺；"
"我哥有信来，前天，说我妈有病；"
"哼，管得你妈，咱们去打仗要紧。"

"亏得在江南，离着家千里的路程，
要不然我的家里人……唉，管得他们
眼红眼青，咱们吃粮的眼不见为净！"

"说是，这世界！做鬼不幸，活着也不称心；
谁没有家人老小，谁愿意来当兵拼命？"
"可是你不听长官说，打伤了有恤金？"

"我就不希罕那猫儿哭耗子的恤金！
脑袋就是一个，我就想不透为么要上阵，
砰，砰，打自个的弟兄，损己，又不利人。"

"你不见李二哥回来，烂了半个脸，全青？
他说前边稻田里的尸体，简直像牛粪，
全的，残的，死透的，半死的，烂臭，难闻。"

"我说这儿江南人倒懂事，他们死不当兵；
你看这路旁的皮棺，那田里玲巧的享亭，
草也青，树也青，做鬼也落个清静。"

"比不得我们——可不是火车已经开行？——
天生是稻田里的牛粪——唉，稻田里的牛粪！"
"喂，卖油条的，赶上来，快，我还要六根。"

灰色的人生

我想——我想开放我的宽阔的粗暴的嗓音，唱一支野蛮的大
　　胆的骇人的新歌；
我想拉破我的袍服，我的整齐的袍服，露出我的胸膛，肚腹，
　　肋骨与筋络；
我想放散我一头的长发，像一个游方僧似的散披着一头的乱
　　发；
我也想跣我的脚，跣我的脚，在巉牙似的道上，快活地，无
　　畏地走着。

我要调谐我的嗓音，傲慢的，粗暴的，唱一阕荒唐的，摧残
　　的，弥漫的歌调；
我伸出我的巨大的手掌，向着天与地，海与山，无餍地求讨，
　　寻捞；
我一把揪住了西北风，问它要落叶的颜色，
我一把揪住了东南风，问它要嫩芽的光泽；
我蹲身在大海的边旁，倾听它的伟大的酣睡的声浪；
我捉住了落日的彩霞，远山的露霭，秋月的明辉，散放在我
　　的发上，胸前，袖里，脚底……

我只是狂喜地大踏步地向前——向前——口唱着暴烈的，粗

伧的，不成章的歌调；

来，我邀你们到海边去，听风涛震撼大空的声调；

来，我邀你们到山中去，听一柄利斧斫伐老树的清音；

来，我邀你们到密室里去，听残废的，寂寞的灵魂的呻吟；

来，我邀你们到云霄外去，听古怪的大鸟孤独的悲鸣；

来，我邀你们到民间去，听衰老的，病痛的，贫苦的，残毁的，
　　受压迫的，烦闷的，奴服的，懦怯的，丑陋的，罪恶的，
　　自杀的，——和着深秋的风声与雨声——合唱的"灰色的
　　人生！"

破　庙

慌张的急雨将我
赶入了黑丛丛的山坳，
迫近我头顶在腾拿，
恶狠狠的乌龙巨爪；
枣树兀兀地隐蔽着
一座静悄悄的破庙，
我满身的雨点雨块，
躲进了昏沉沉的破庙；

雷雨越发来得大了：
霍隆隆半天里霹雳，
豁喇喇林叶树根苗，
山谷山石，一齐怒号，
千万条的金剪金蛇，
飞入阴森森的破庙，
我浑身战抖，趁电光
估量这冷冰冰的破庙；

我禁不住大声喊叫；
电光火把似的照耀，

照出我身旁神龛里
一个青面狞笑的神道，
电光去了，霹雳又到，
不见了狞笑的神道，
硬雨石块似的倒泻——
我独身藏躲在破庙；

千年万年应该过了！
只觉得浑身的毛窍，
只听得骇人的怪叫，
只记得那凶恶的神道，
忘了我现在的破庙；
好容易雨收了，雷休了，
血红的太阳，满天照耀，
照出一个我，一座破庙！

恋爱到底是什么一回事

恋爱他到底是什么一回事？——
他来的时候我还不曾出世；
太阳为我照上了二十几个年头，
我只是个孩子，认不识半点愁；
忽然有一天——我又爱又恨那一天——
我心坎里痒齐齐的有些不连牵，
那是我这辈子第一次的上当，
有人说是受伤——你摸摸我的胸膛——
他来的时候我还不曾出世，
恋爱他到底是什么一回事？

这来我变了，一只没笼头的马，
跑遍了荒凉的人生的旷野；
又像那古时间献璞玉的楚人，
手指着心窝，说这里面有真有真，
你不信时一刀拉破我的心头肉，
看那血淋淋的一掬是玉不是玉；
血！那无情的宰割，我的灵魂！
是谁逼迫我发最后的疑问？

疑问！这回我自己幸喜我的梦醒，
上帝，我没有病，再不来对你呻吟！
我再不想成仙，蓬莱不是我的分；
我只要这地面，情愿安分的做人，——
从此再不问恋爱是什么一回事，
反正他来的时候我还不曾出世！

常州天宁寺闻礼忏声

有如在火一般可爱的阳光里，偃卧在长梗的，杂乱的丛草里，
　　听初夏第一声的鹂鸪，从天边直响入云中，从云中又回响到
　　天边；

有如在月夜的沙漠里，月光温柔的手指，轻轻的抚摩着一颗颗
　　热伤了的砂砾，在鹅绒般软滑的热带的空气里，听一个骆驼
　　的铃声，轻灵的，轻灵的，在远处响着，近了，近了，又远
　　了……

有如在一个荒凉的山谷里，大胆的黄昏星，独自临照着阳光死
　　去了的宇宙，野草与野树默默的祈祷着，听一个瞎子，手
　　扶着一个幼童，铛的一响算命锣，在这黑沉沉的世界里回响
　　着；

有如在大海里的一块礁石上，浪涛像猛虎般的狂扑着，天空紧
　　紧的绷着黑云的厚幕，听大海向那威吓着的风暴，低声的，
　　柔声的，忏悔他一切的罪恶；

有如在喜马拉雅的顶颠，听天外的风，追赶着天外的云的急步
　　声，在无数雪亮的山壑间回响着；

有如在生命的舞台的幕背，听空虚的笑声，失望与痛苦的呼答
　　声，残杀与淫暴的狂欢声，厌世与自杀的高歌声，在生命的
　　舞台上合奏着；

我听着了天宁寺的礼忏声！

这是那里来的神明？人间再没有这样的境界！

这鼓一声，钟一声，磬一声，木鱼一声，佛号一声……乐音在
　大殿里，迂缓的，曼长的回荡着，无数冲突的波流谐合了，
　无数相反的色彩净化了，无数现世的高低消灭了……

这一声佛号，一声钟，一声鼓，一声木鱼，一声磬，谐音盘礴
　在宇宙间——解开一小颗时间的埃尘，收束了无量数世纪的
　因果；

这是那里来的大和谐——星海里的光彩，大千世界的音籁，真
　生命的洪流：止息了一切的动，一切的扰攘；

在天地的尽头，在金漆的殿橼间，在佛像的眉宇间，在我的衣
　袖里，在耳鬓边，在官感里，在心灵里，在梦里……

在梦里，这一瞥间的显示，青天，白水，绿草，慈母温软的胸
　怀，是故乡吗？是故乡吗？

光明的翅羽，在无极中飞舞！

大圆觉底里流出的欢喜，在伟大的，庄严的，寂灭的，无疆的，
　和谐的静定中实现了！

颂美呀，涅槃！赞美呀！涅槃！

毒 药

今天不是我唱歌的日子，我口边涎着狞恶的微笑，不是我说笑的日子，我胸怀间插着发冷光的利刃；

相信我，我的思想是恶毒的因为这世界是恶毒的，我的灵魂是黑暗的因为太阳已经灭绝了光彩，我的声调是像坟堆里的夜鸦因为人间已经杀尽了一切的和谐，我口音像是冤鬼责问他的仇人因为一切的恩已经让路给一切的怨；

但是相信我，真理是在我的话里虽则我的话像是毒药，真理是永远不含糊的虽则我的话里仿佛有两头蛇的舌，蝎子的尾尖，蜈蚣的触须；只因为我的心里充满着比毒药更强烈，比咒诅更狠毒，比火焰更猖狂，比死更深奥的不忍心与怜悯心与爱心，所以我说的话是毒性的，咒诅的，燎灼的，虚无的；

相信我，我们一切的准绳已经埋没在珊瑚土打紧的墓宫里，最劲冽的祭肴的香味也穿不透这严封的地层：一切的准则是死了的；

我们一切的信心像是顶烂在树枝上的风筝，我们手里擎着这迸断了的鹞线：一切的信心是烂了的；

相信我，猜疑的巨大的黑影：像一块乌云似的，已经笼盖着人间一切的关系：人子不再悲哭他新死的亲娘，兄弟不再来携着他姊妹的手，朋友变成了寇仇，看家的狗回头来咬他主人的腿：是的，猜疑淹没了一切；在路旁坐着啼哭的，在街心里站着的，在你窗前探望的，都是被奸污的处女：池潭里只见些烂破的鲜艳的荷花；

在人道恶浊的涧水里流着，浮浮似的，五具残缺的尸体，他们是仁义礼智信，向着时间无尽的海澜里流去；

这海是一个不安静的海，波涛猖獗的翻着，在每个浪头的小白帽上分明的写着人欲与兽性；

到处是奸淫的现象，贪心搂抱着正义，猜忌逼迫着同情，懦怯狎亵着勇敢，肉欲侮弄着恋爱，暴力侵陵着人道，黑暗践踏着光明；

听呀，这一片淫猥的声响，听呀，这一片残暴的声响；

虎狼在热闹的市街里，强盗在你们妻子的床上，罪恶在你们深奥的灵魂里……

婴 儿

我们要盼望一个伟大的事实出现，我们要守候一个馨香的婴儿
出世：——

你看他那母亲在她生产的床上受罪！

她那少妇的安详，柔和，端丽，现在在剧烈的阵痛里变形成
不可信的丑恶：你看她那遍体的筋络都在她薄嫩的皮肤底里
暴涨着，可怕的青色与紫色，像受惊的水青蛇在田沟里急泅
似的，汗珠站在她的前额上像一颗颗的黄豆，她的四肢与身
体猛烈的抽搐着，畸屈着，奋挺着，纠旋着，仿佛她垫着的
席子是用针尖编成的，仿佛她的帐围是用火焰织成的；

一个安详的，镇定的，端庄的，美丽的少妇，现在在阵痛的
惨酷里变形成魔鬼似的可怖：她的眼，一时紧紧的阖着，一
时巨大的睁着，她的眼，原来像冬夜池潭里反映着的明星，
现在吐露着青黄色的凶焰，眼珠像是烧红的炭火，映射出她
灵魂最后的奋斗，她的原来是朱红色的口唇，现在像是炉
底的冷灰，她的口颤着，撅着，扭着，死神的热烈的亲吻
不容许她一息的平安，她的发是散披着，横在口边，漫在胸
前，像揪乱的麻丝，她的手指间紧抓着几穗拧下来的乱发；

这母亲在她生产的床上受罪：——

但她还不曾绝望，她的生命挣扎着血与肉与骨与肢体的纤
微，在危崖的边沿上，抵抗着，搏斗着，死神的逼迫；

她还不曾放手，因为她知道（她的灵魂知道！）这苦痛不是无因的，因为她知道她的胎宫里孕育着一点比她自己更伟大的生命的种子，包涵着一个比一切更永久的婴儿；

因为她知道这苦痛是婴儿要求出世的征候，是种子在泥土里爆裂成美丽的生命的消息，是她完成她自己生命的使命的时机；

因为她知道这忍耐是有结果的，在她剧痛的昏瞀中她仿佛听着上帝准许人间祈祷的声音，她仿佛听着天使们赞美未来的光明的声音；

因此她忍耐着，抵抗着，奋斗着……她抵拼绷断她统体的纤微，她要赎出在她胎宫里动荡着的生命，在她一个完全美丽的婴儿出世的盼望中，最锐利，最沉酣的痛感逼成了最锐利最沉酣的快感……

二　翡冷翠的一夜

翡冷翠的一夜

你真的走了，明天？那我，那我，……
你也不用管，迟早有那一天；
你愿意记着我，就记着我，
要不然趁早忘了这世界上
有我，省得想起时空着恼，
只当是一个梦，一个幻想；
只当是前天我们见的残红，
怯怜怜的在风前抖擞，一瓣，
两瓣，落地，叫人踩，变泥……
唉，叫人踩，变泥——变了泥倒干净，
这半死不活的才叫是受罪，
看着寒伧，累赘，叫人白眼——
天呀！你何苦来，你何苦来……
我可忘不了你，那一天你来，
就比如黑暗的前涂见了光彩，
你是我的先生，我爱，我的恩人，
你教给我甚么是生命，甚么是爱，
你惊醒我的昏迷，偿还我的天真，
没有你我那知道天是高，草是青？
你摸摸我的心，它这下跳得多快；

再摸我的脸，烧得多焦，亏这夜黑
看不见；爱，我气都喘不过来了，
别亲我了；我受不住这烈火似的活，
这阵子我的灵魂就像是火砖上的
熟铁，在爱的锤子下，砸，砸，火花
四散的飞洒……我晕了，抱着我，
爱，就让我在这儿清静的园内，
闭着眼，死在你的胸前，多美！
头顶白杨树上的风声，沙沙的，
算是我的丧歌，这一阵清风，
橄榄林里吹来的，带着石榴花香，
就带了我的灵魂走，还有那萤火，
多情的殷勤的萤火，有他们照路，
我到了那三环洞的桥上再停步，
听你在这儿抱着我半暖的身体，
悲声的叫我，亲我，摇我，哑我；……
我就微笑的再跟着清风走，
随他领着我，天堂，地狱，那儿都成，
反正丢了这可厌的人生，实现这死
在爱里，这爱中心的死，不强如
五百次的投生？……自私，我知道，
可我也管不着……你伴着我死？
什么，不成双就不是完全的"爱死"，
要飞升也得两对翅膀儿打伙，
进了天堂还不一样的要照顾，
我少不了你，你也不能没有我；

要是地狱，我单身去你更不放心，

你说地狱不定比这世界文明

（虽则我不信，）像我这娇嫩的花朵，

难保不再遭风暴，不叫雨打，

那时候我喊你，你也听不分明，——

那不是求解脱反投进了泥坑，

倒叫冷眼的鬼串通了冷心的人，

笑我的命运，笑你懦怯的粗心？

这话也有理，那叫我怎么办呢？

活着难，太难，就死也不得自由，

我又不愿你为我牺牲你的前程……

唉！你说还是活着等，等那一天！

有那一天吗？——你在，就是我的信心；

可是天亮你就得走，你真的忍心

丢了我走？我又不能留你，这是命；

但这花，没阳光晒，没甘露浸，

不死也不免瓣尖儿焦萎，多可怜！

你不能忘我，爱，除了在你的心里，

我再没有命；是，我听你的话，我等，

等铁树儿开花我也得耐心等；

爱，你永远是我头顶的一颗明星：

要是不幸死了，我就变一个萤火，

在这园里，挨着草根，暗沉沉的飞，

黄昏飞到半夜，半夜飞到天明，

只愿天空不生云，我望得见天，

天上那颗不变的大星，那是你，

但愿你为我多放光明，隔着夜，

隔着天，通着恋爱的灵犀一点……

六月十一日，一九二五年翡冷翠山中

呻吟语

我亦愿意赞美这神奇的宇宙，
我亦愿意忘却了人间有忧愁，
　　像一只没挂累的梅花雀，
　　清朝上歌唱，黄昏时跳跃；——
假如她清风似的常在我的左右！

我亦想望我的诗句清水似的流，
我亦想望我的心池鱼似的悠悠；
　　但如今膏火是我的心，
　　再休问我闲暇的诗情？——
上帝！你一天不还她生命与自由！

她怕他说出口

（朋友，我懂得那一条骨鲠，

　　难受不是？——难为你的咽喉；）

"看，那草瓣上蹲着一只蚱蜢，

　　那松林里的风声像是箜篌。"

（朋友，我明白，你的眼水里

　　闪动着你的真情的泪晶；）

"看那一双蝴蝶连翩的飞；

　　你试闻闻这紫兰花馨！"

（朋友，你的心在怦怦的动：

　　我的也不一定是安宁；）

"看，那一对雌雄的双虹！

　　在云天里卖弄着娉婷；"

（这不是玩，还是不出口的好，

　　我顶明白你灵魂里的秘密；）

"那是句致命的话，你得想到，

　　回头你再来追悔那又何必！"

（我不愿你进火焰里去遭罪，

　　就我——就我也不情愿受苦！）

"你看那双虹已经完全破碎；

　　花草里不见了蝴蝶儿飞舞。"

（耐着！美不过这半绽的花蕾；

　　何必再添深这颊上的薄晕？）

"回走吧，天色已是怕人的昏黑，——

　　明儿再来看鱼肚色的朝云！"

偶　然

我是天空里的一片云，
偶尔投影在你的波心——
　　你不必讶异，
　　更无须欢喜——
在转瞬间消灭了踪影。

你我相逢在黑夜的海上，
你有你的，我有我的，方向；
　　你记得也好，
　　最好你忘掉，
在这交会时互放的光亮！

珊　瑚

你再不用想我说话，
　　我的心早沉在海水底下；
你再不用向我叫唤：
　　因为我——我再不能回答！

除非你——除非你也来在
　　这珊瑚骨环绕的又一世界：
等海风定时的一刻清静，
　　你我来交互你我的幽叹。

变与不变

树上的叶子说："这来又变样儿了，
你看，有的是抽心烂，有的是卷边焦！"
"可不是，"答话的是我自己的心：
它也在冷酷的西风里褪色，凋零。

这时候连翩的明星爬上了树尖；
"看这儿，"它们仿佛说，"有没有改变？"
"看这儿，"无形中又发动了一个声音，
"还不是一样鲜明？"——插话的是我的魂灵！

丁当——清新

檐前的秋雨在说什么?
　它说摔了她, 忧郁什么?
我手拏起案上的镜框,
　在地平上摔一个丁当。

檐前的秋雨又在说什么?
　"还有你心里那个留着做什么?"
蓦地里又听见一声清新——
　这回摔破的是我自己的心!

我来扬子江边买一把莲蓬

我来扬子江边买一把莲蓬；

　　手剥一层层莲衣，

　　看江鸥在眼前飞，

　　忍含着一眼悲泪——

我想着你，我想着你，阿小龙！

我尝一尝莲瓤，回味曾经的温存：——

　　那阶前不卷的重帘，

　　掩护着同心的欢恋，

　　我又听着你的盟言，

"永远是你的，我的身体，我的灵魂"

我尝一尝莲心，我的心比莲心苦；

　　我长夜里怔忡，

　　挣不开的恶梦，

　　谁知我的苦痛？

你害了我，爱，这日子叫我如何过？

但我不能责你负，我不忍猜你变，

　　我心肠只是一片柔：

　　你是我的！我依旧

　　将你紧紧的抱搂——

除非是天翻——但谁能想象那一天？

客　中

今晚天上有半轮的下弦月；
　　我想携着她的手，
　　往明月多处走——
一样是清光，我说，圆满或残缺。

园里有一树开剩的玉兰花；
　　她有的是爱花癖，
　　我爱看她的怜惜——
一样是芬芳，她说，满花与残花。

浓阴里有一只过时的夜莺；
　　她受了秋凉，
　　不如从前浏亮——
快死了，她说，但我不悔我的痴情！

但这莺，这一树花，这半轮月——
　　我独自沉吟，
　　对着我的身影——
她在那里，阿，为什么伤悲，凋谢，残缺？

三月十二深夜大沽口外

今夜困守在大沽口外：
　　绝海里的俘虏，
　　对着忧愁申诉；
桅上的孤灯在风前摇摆：
　　天昏昏有层云裹，
　　那掣电是探海火！

你说不自由是这变乱的时光？
　　但变乱还有时罢休，
　　谁敢说人生有自由？
今天的希望变作明天的怅惘；
　　星光在天外冷眼瞅，
　　人生是浪花里的浮沤！

我此时在凄冷的甲板上徘徊，
　　听海涛迟迟的吐沫，
　　心空如不波的湖水；
只一丝云影在这湖心里晃动——
　　不曾渗透的一个迷梦，
　　不忍渗透的一个迷梦！

半夜深巷琵琶

又被它从睡梦中惊醒，深夜里的琵琶！

是谁的悲思，

是谁的手指，

像一阵凄风，像一阵惨雨，像一阵落花，

在这夜深深时，

在这睡昏昏时，

挑动着紧促的弦索，乱弹著宫商角徵，

和著这深夜，荒街，

柳梢头有残月挂，

阿，半轮的残月，像是破碎的希望，给他

头戴一顶开花帽，

身上带着铁链条，

在光阴的道上疯了似的跳，疯了似的笑，

完了，他说，吹糊你的灯，

她在坟墓的那一边等，

等你去亲吻，等你去亲吻，等你去亲吻！

决　断

我的爱：
再不可迟疑；
误不得
这唯一的时机，

天平秤——
在你自己心里，
那头重——
砝码都不用比！

你我的——
那还用着我提？
下了种，
就得完功到底。

生，爱，死——
三连环的迷谜；
拉动一个，
两个就跟着挤。

老实说，

我不希罕这活，

这皮囊，——

那处不是拘束。

要恋爱，

要自由，要解脱——

这小刀子，

许是你我的天国！

可是不死

就得跑，远远的跑；

谁耐烦

在这猪圈里捞骚？

险——

不用说，总得冒，

不拼命，

那件事拿得着？

看那星，

多勇猛的光明！

看这夜，

多庄严，多澄清！

走罢，甜，
前途不是暗昧；
多谢天，
从此跳出了轮回！

最后的那一天

在春风不再回来的那一年，
在枯枝不再青条的那一天，
　　那时间天空再没有光照，
　　只黑蒙蒙的妖氛弥漫着
太阳，月亮，星光死去了的空间；

在一切标准推翻的那一天，
在一切价值重估的那时间：
　　暴露在最后审判的威灵中
　　一切的虚伪与虚荣与虚空：
赤裸裸的灵魂们匍匐在主的跟前；——

我爱，那时间你我再不必张皇，
更不须声诉，辩冤，再不必隐藏，——
　　你我的心，像一朵雪白的并蒂莲，
　　在爱的青梗上秀挺，欢欣，鲜妍，——
在主的跟前，爱是唯一的荣光。

起造一座墙

你我千万不可亵渎那一个字，
别忘了在上帝跟前起的誓。
我不仅要你最柔软的柔情，
蕉衣似的永远裹着我的心；
我要你的爱有纯钢似的强，
在这流动的生里起造一座墙；
任凭秋风吹尽满园的黄叶，
任凭白蚁蛀烂千年的画壁；
就使有一天霹雳震翻了宇宙，——
也震不翻你我"爱墙"内的自由！

望　月

月：我隔着窗纱，在黑暗中，
望她从巉岩的山肩挣起——
一轮惺忪的不整的光华：
像一个处女，怀抱着贞洁，
惊惶的，挣出强暴的爪牙；

这使我想起你，我爱，当初
也曾在恶运的利齿间捱！
但如今，正如蓝天里明月，
你已升起在幸福的前峰，
洒光辉照亮地面的坎坷！

白须的海老儿

这船平空在海中心抛锚，
也不顾我心头野火似的烧！
那白须的海老倒像有同情，
他声声问的是为甚不进行？

我伸手向黑暗的空间抱，
谁说这缥缈不是她的腰？
我又飞吻给银河边的星，
那是我爱最灵动的明睛。

但这来白须的海老又生恼
（他忌妒少年情，别看他年老！）
他说你情急我偏给你不行，
你怎生跳度这碧波的无垠？

果然那老顽皮有他的蹊跷，
这心头火差一点变海水里泡！
但此时我忙着亲我爱的香唇，
谁耐烦再和白须的海老儿争？

再休怪我的脸沉

不要着恼，乖乖，不要怪嫌
　　我的脸绷得直长，
　　我的脸绷得是长，
可不是对你，对恋爱生厌。

不要凭空往大坑里盲跳：
　　胡猜是一个大坑，
　　这里面坑得死人；
你听我讲，乖，用不着烦恼。

你，我的恋爱，早就不是你：
　　你我早变成一身，
　　呼吸，命运，灵魂——
再没有力量把你我分离。

你我比是桃花接上竹叶，
　　露水合着嘴唇吃，
　　经脉胶成同命丝，
单等春风到开一个满艳。

谁能怀疑他自创的恋爱？

　　天空有星光耿耿，

　　冰雪压不倒青春，

任凭海有时枯，石有时烂！

不是的，乖，不是对爱生厌！

　　你胡猜我也不怪，

　　我的样儿是太难，

反正我得对你深深道歉。

不错，我恼，恼的是我自己：

　　（山怨土堆不够高；

　　河对水私下唠叨。）

恨我自己为甚这不争气。

我的心（我信）比似个浅洼：

　　跳动着几条泥鳅，

　　积不住三尺清流，

盼不到天光，映不着彩霞。

又比是个力乏的朝山客：

　　他望见白云缭绕，

　　拥护着山远山高，

但他只能在倦废中沉默。

也不是不认识上天威力：

他何尝甘愿绝望，
　　空对着光阴怅惘——
你到深夜里来听他悲泣！

就说爱，我虽则有了你，爱，
　　不愁在生命道上，
　　感受孤立的恐慌，
但天知道我还想往上攀！

恋爱，我要更光明的实现：
　　草堆里一个萤火，
　　企慕着天顶星罗：
我要你我的爱高比得天！

我要那洗度灵魂的圣泉，
　　洗掉这皮囊腌臜，
　　解放内里的囚犯，
化一缕轻烟，化一朵青莲。

这，你看，才叫是烦恼自找；
　　从清晨直到黄昏，
　　从天昏又到天明，
活动着我自剖的一把钢刀！

不是自杀，你得认个分明。
　　劈去生活的余渣，

为要生命的精华；
给我勇气，阿，唯一的亲亲！

给我勇气，我要的是力量，
　　快来救我这围城，
　　再休怪我的脸沉，
快来，乖乖，抱住我的思想！

天神似的英雄

这石是一堆粗丑的顽石，
这百合是一丛明媚的秀色；
但当月光将花影描上石隙：
这粗丑的顽石也化生了媚迹。

我是一团臃肿的凡庸
她的是人间无比的仙容；
但当恋爱将她偎入我的怀中，
就我也变成了天神似的英雄！

再不见雷峰

再不见雷峰，雷峰坍成了一座大荒冢，

　　顶上有不少交抱的青葱；

　　顶上有不少交抱的青葱，

再不见雷峰，雷峰坍成了一座大荒冢。

为什么感慨，对着这光阴应分的摧残？

　　世上多的是不应分的变态。

　　世上多的是不应分的变态；

发什么感慨，对着这光阴应分的摧残？

为什么感慨：这塔是镇压，这坟是掩埋，

　　镇压还不如掩埋来得痛快！

　　镇压还不如掩埋来得痛快，

发什么感慨：这塔是镇压，这坟是掩埋。

再没有雷峰；雷峰从此掩埋在人的记忆中：

　　像曾经的幻梦，曾经的爱宠；

　　像曾经的幻梦，曾经的爱宠，

再没有雷峰；雷峰从此掩埋在人的记忆中。

　　　　　　　　　　　　　　　　九月，西湖。

大　帅
　　——战歌之一

见日报，前敌战士，随死随掩，间有未死者，即被活埋。

"大帅有命令以后打死了的尸体
再不用往回挪（叫人看了挫气，）
　　就往前边儿挖一个大坑，
　　拿瘪了的弟兄们往里掷，
　　　　掷满了给平上土，
　　　　给它一个大糊涂，
　　　　也不用给做记认，
　　　　管他是姓贾姓曾！
也好，省得他们家里人见了伤心：
　　娘抱着个烂了的头，
　　弟弟提溜着一支手，
新娶的媳妇到手个脓包的腰身！"

"我说这坑死人也不是没有味儿，
有那西晒的太阳做我们的伴儿，
　　瞧我这一抄，抄住了老丙，
　　他大前天还跟我吃烙饼，
　　　　叫了壶大白干，

咱们俩随便谈，

你知道他那神气，

一只眼老是这挤：

谁想他来不到三天就做了炮灰，

老丙他打仗倒是勇，

你瞧他身上的窟窿！——

去你的，老丙，咱们来就是当死胚！"

"天快黑了，怎么好，还有这一大堆？

听炮声，这半天又该是我们的毁！

麻利点儿，我说你瞧，三哥，

那黑剌剌的可不又是一个！

嘿，三哥，有没有死的，

还开着眼流着泪哩！

我说三哥这怎么来，

总不能拿人活着埋！"——

"吁，老五，别言语，听大帅的话没有错：

见个儿就给铲，

见个儿就给埋，

躲开，瞧我的；欧，去你的，谁跟你啰嗦！"

人变兽
——战歌之二

朋友，这年头真不容易过，
你出城去看光景就有数：——
柳林中有乌鸦们在争吵，
分不匀死人身上的脂膏；
城门洞里一阵阵的旋风起，
跳舞着没脑袋的英雄，
那田畦里碧葱葱的豆苗，
你信不信全是用鲜血浇！
还有那井边挑水的姑娘，
你问她为甚走道像带伤——
抹下西山黄昏的一天紫，
也涂不没这人变兽的耻！

梅雪争春
（纪念三一八）

南方新年里有一天下大雪，
我到灵峰去探春梅的消息；
残落的梅萼瓣瓣在雪里腌，
我笑说这颜色还欠三分艳！

运命说：你赶花朝节前回京，
我替你备下真鲜艳的春景：
白的还是那冷翩翩的飞雪，
但梅花是十三龄童的热血！

这年头活着不易

昨天我冒着大雨到烟霞岭下访桂；

　　南高峰在烟霞中不见，

　　在一家松茅铺的屋檐前

　　我停步，问一个村姑今年

翁家山的桂花有没有去年开的媚。

那村姑先对着我身上细细的端详；

　　活像只羽毛浸瘪了的鸟，

　　我心想，她定觉得蹊跷，

　　在这大雨天单身走远道，

倒来没来头的问桂花今年香不香。

"客人，你运气不好，来得太迟又太早；

　　这里就是有名的满家弄，

　　往年这时候到处香得凶，

　　这几天连绵的雨，外加风，

弄得这稀糟，今年的早桂就算完了。"

果然这桂子林也不能给我点子欢喜：

　　枝上只见焦萎的细蕊，

看着凄惨，唉，无妄的灾！

　　为什么这到处是憔悴？

这年头活着不易！这年头活着不易！

　　　　　　　　　　　　西湖，九月。

庐山石工歌

一

唉浩！唉浩！唉浩！

唉浩！唉浩！

我们起早，唉浩，

看东方晓，唉浩，东方晓！

唉浩！唉浩！

鄱阳湖低！唉浩，庐山高！

唉浩，庐山高；唉浩，庐山高；

唉浩，庐山高！

唉浩，唉浩！唉浩！

唉浩！唉浩！

二

浩唉！浩唉！浩唉！

浩唉！浩唉！

我们早起，浩唉！

看白云低，浩唉！白云飞！

浩唉！浩唉！

天气好，浩唉！上山去；

浩唉，上山去；浩唉，上山去；

　　浩唉，上山去！

浩唉！浩唉！……浩唉！

　　浩唉！浩唉！

三

　　浩唉！浩唉，浩唉！

浩唉，浩唉！浩唉！

浩唉！浩唉！浩唉！

浩唉！浩唉！浩唉！

　　太阳好，浩唉，太阳焦，

　　　赛如火烧，浩唉！

大风起，浩唉，白云铺地；

　　当心脚底，浩唉；

　　　　浩唉，电闪飞，唉浩，大雨暴；

天昏，唉浩，地黑，浩唉

　　天雷到，浩唉，天雷到！

　　浩唉，鄱阳湖低：唉浩，五老峰高！

　　浩唉，上山去，唉浩，上山去！

浩唉，上山去！

　　　唉浩，鄱阳湖低！浩唉，庐山高！

浩唉，上山去，唉浩，上山去！

　　浩唉，上山去！

浩唉！浩唉！浩唉！

　　浩唉！浩唉！浩唉！

浩唉！浩唉！浩唉！

浩唉！浩唉！浩唉！

附录：致刘勉己函

勉己兄：

　　我记得临走那一天交给你的稿子里有一首《庐山石工歌》，盼望你没有遗失。那首如其不曾登出，我想加上几句注解。庐山牯岭一带造屋是用本山石的，开山的石工大都是湖北人，他们在山坳间结茅住家，早晚做工，赚钱有限，仅够粗饱，但他们的精神却并不颓丧（这是中国人的好处）。我那时住在小天池，正对鄱阳湖，每天早上太阳不曾驱净雾气，天地还只暗沉沉的时候，石工们已经开始工作，浩唉的声音从邻近的山上度过来，听了别有一种悲凉的情调。天快黑的时候，这浩唉的声音也特别的动人。我与歆海住庐山一个半月，差不多每天都听着那石工的喊声，一时缓，一时急，一时断，一时续，一时高，一时低，尤其是在浓雾凄迷的早晚，这悠扬的音调在山谷里震荡着，格外使人感动，那是痛苦人间的呼吁，还是你听着自己灵魂里的悲声？Chaliapin（俄国著名歌者）有一只歌，叫做《鄂尔加河上的舟人歌》（*Volga Boatmen's Song*）是用回返重复的低音，仿佛鄂尔加河沉着的涛声，表现俄国民族伟大沉默的悲哀。我当时听了庐山石工的叫声，就想起他的音乐，这三段石工歌便是从那个经验里化成的。我不懂得音乐，制歌不敢自信，但那浩唉的声调至今还在我灵府里动荡，我只盼望将来有音乐家能利用那样天然的音籁谱出我们汉族血赤的心声！

　　　　　　　　　　　　　志摩　三月十六日西伯利亚

西伯利亚

西伯利亚：——我早年时想象
你不是受上天恩情的地域：
荒凉，严肃，不可比况的冷酷。
在冻雾里，在无边的雪地里，
有局促的生灵们，半像鬼，枯瘦，
黑面目，佝偻，默无声的工作。
在他们，这地面是寒冰的地狱，
天空不留一丝霞采的希冀，
更不问人事的恩情，人情的旖旎；
这是为怨郁的人间淤藏怨郁，
茫茫的白雪里渲染人道的鲜血，
西伯利亚，你象征的是恐怖，荒虚。

但今天，我面对这异样的风光——
不是荒原，这春夏间的西伯利亚，
更不见严冬时的坚冰，枯枝，寒鸦；
在这乌拉尔东来的草田，茂旺，葱秀，
牛马的乐园，几千里无际的绿洲，
更有那重叠的森林，赤松与白杨，
灌属的小丛林，手挽手的滋长；

那赤皮松，像巨万赭衣的战士，

森森的，悄悄的，等待冲锋的号示，

那白杨，婀娜的多姿，最是那树皮，

白如霜，依稀林中仙女们的轻衣；

就这天——这天也不是寻常的开朗：

看，蓝空中往来的是轻快的仙航，——

那不是云彩，那是天神们的微笑，

琼花似的幻化在这圆穹的周遭……

一九二五年过西伯利亚倚车窗眺景随笔

西伯利亚道中忆西湖秋雪庵芦色作歌

我捡起一枚肥圆的芦梗
    在这秋月下的芦田；
我试一试芦笛的新声，
    在月下的秋雪庵前。

这秋月是纷飞的碎玉，
    芦田是神仙的别殿；
我弄一弄芦管的幽乐——
    我映影在秋雪庵前。

我先吹我心中的欢喜——
    清风吹露芦雪的酥胸；
我再弄我欢喜的心机——
    芦田中见万点的飞萤。

我记起了我生平的惆怅，
    中怀不禁一阵的凄迷，
笛韵中也听出了新来凄凉——
    近水间有断续的蛙啼。

这时候芦雪在明月下翻舞，
　　我暗地思量人生的奥妙，
我正想谱一折人生的新歌
　　阿，那芦笛（碎了）再不成音调！

这秋月是缤纷的碎玉，
　　芦田是仙家的别殿；
我弄一弄芦管的幽乐，——
　　我映影在秋雪庵前。

我捡起一枝肥圆的芦梗，
　　在这秋月下的芦田；
我试一试芦笛的新声，
　　在月下的秋雪庵前。

在哀克刹脱教堂前（Exeter）

这是我自己的身影，今晚间
　　倒映在异乡教宇的前庭，
一座冷峭峭森严的大殿，
　　一个峭阴阴孤耸的身影。

我对着寺前的雕像发问：
　　"是谁负责这离奇的人生？"
老朽的雕像瞅着我发愣，
　　仿佛怪嫌这离奇的疑问。

我又转问那冷郁郁的大星，
　　它正升起在这教堂的后背，
但它答我以嘲讽似的迷瞬，
　　在星光下相对，我与我的迷谜！

这时间我身旁的那颗老树，
　　他荫蔽着战迹碑下的无辜，
幽幽的叹一声长气，像是
　　凄凉的空院里凄凉的秋雨。

他至少有百余年的经验，

 人间的变幻他什么都见过；

生命的顽皮他也曾计数：

 春夏间汹汹，冬季里婆婆。

他认识这镇上最老的前辈，

 看他们受洗，长黄毛的婴孩；

看他们配偶，也在这教门内，——

 最后看他们的名字上墓碑！

这半悲惨的趣剧他早经看厌，

 他自身臃肿的残余更不沾恋；

因此他与我同心，发一阵叹息——

 啊！我身影边平添了斑斑的落叶！

       一九二五年，七月。

海 韵

一

"女郎，单身的女郎：
　你为什么留恋
　这黄昏的海边？——
女郎，回家吧，女郎！"
"阿不；回家我不回，
　我爱这晚风吹。"——
　在沙滩上，在暮霭里，
有一个散发的女郎——
　　　　　　徘徊，徘徊。

二

"女郎，散发的女郎，
　你为什么彷徨
　在这冷清的海上？
女郎，回家吧，女郎！"
"阿不；你听我唱歌，
　大海，我唱，你来和：——

在星光下，在凉风里，
轻荡着少女的清音——
　　　　　高吟，低哦。

三

"女郎，胆大的女郎！
　那天边扯起了黑幕，
　　这顷刻间有恶风波，——
女郎，回家吧。女郎！"
"阿不；你看我凌空舞，
　学一个海鸥没海波："——
　　在夜色里，在沙滩上，
急旋着一个苗条的身影，——
　　　　　婆娑，婆娑。

四

"听呀，那大海的震怒，
　女郎，回家吧，女郎！
看呀，那猛兽似的海波，
　女郎，回家吧，女郎！"
"阿不；海波他不来吞我，
　我爱这大海的颠簸！"
在潮声里，在波光里，
阿，一个慌张的少女在海沫里，
　　　　　蹉跎，蹉跎。

五

"女郎，在那里，女郎？
　在那里，你嘹亮的歌声，
在那里，你窈窕的身影？
　在那里，阿，勇敢的女郎？"
黑夜吞没了星辉，
　这海边再没有光芒；
海潮吞没了沙滩，
　沙滩上再不见女郎，——
　　　　再不见女郎！

涡堤孩新婚歌

小溪儿碧泠泠，笑盈盈讲新闻，
青草地里打滚，不负半点儿责任；
砂块儿疏松，石砾儿轻灵，
小溪儿一跳一跳的向前飞行，
流到了河，暖溶溶的流波，
闪亮的银波，阳光里微酡，
小溪儿笑呷呷的跳入了河，
闹嚷嚷的合唱一曲新婚歌，
"开门，水晶的龙宫，
涡堤孩已经成功，
她嫁了一个美丽的丈夫，
取得了她的灵魂整个。"

小涟儿喜孜孜的窜近了河岸，
手挽着水草，紧靠着芦苇，
凑近他们的耳朵，把新闻讲一回，
"这是个秘密，但是秘密也无害，
小涧儿流入河，河水儿流到海，
我们的消息，几个转身就传遍。"
青湛湛的河水，曲玲玲的流转，

绕一个梅花岛，画几个美人涡，
流出了山峡口，流入了大海波，
笑呼呼的轻唱一回新婚歌，
"开门，水晶的龙官，
涡堤孩已经成功，
她嫁了一个美丽的丈夫，
取得了她的灵魂整个。"

苏　苏

苏苏是一个痴心的女子：

　　　像一朵野蔷薇，她的丰姿；

　　　像一朵野蔷薇，她的丰姿——

来一阵暴风雨，摧残了她的身世。

这荒草地里有她的墓碑

　　　淹没在蔓草里，她的伤悲；

　　　淹没在蔓草里，她的伤悲——

阿，这荒土里化生了血染的蔷薇！

那蔷薇是痴心女的灵魂，

　　　在清早上受清露的滋润，

　　　到黄昏时有晚风来温存，

更有那长夜的慰安，看星斗纵横。

你说这应分是她的平安？

　　　但运命又叫无情的手来攀，

　　　攀，攀尽了青条上的灿烂，——

可怜呵，苏苏她又遭一度的摧残！

又一次试验

上帝捋着他的须，
说"我又有了兴趣；
上次的试验有点糟，
这回的保管是高妙。"

脱下了他的枣红袍，
戴上了他的遮阳帽，
老头他抓起一把土，
快活又有了工作做。

"这回不叫再像我，"
他弯着手指使劲塑；
"鼻孔还是给你有，
可不把灵性往里透！

"给了也还是白丢，
能有几个走回头；
灵性又不比鲜鱼子，
化生在水里就长翅！

"我老头再也不上当，
眼看圣洁的变肮脏，——
就这儿情形多可气，
那个安琪身上不带蛆！"

命运的逻辑

一

前天她在水晶宫似照亮的大厅里跳舞——
多么亮她的袜!
多么滑她的发!
她那牙齿上的笑痕叫全堂的男子们疯魔。

二

昨天她短了资本,
变卖了她的灵魂,
那戴喇叭帽的魔鬼在她的耳边传授了秘诀,
她起了皱纹的脸又搽上不少男子们的心血。

三

今天在城隍庙前阶沿上坐着的这个老丑,
她胸前挂着一串,不是珍珠,是男子们的骷髅;
神道见了她摇头,
魔鬼见了她哆嗦!

新催妆曲

一

新娘，你为什么紧锁你的眉尖，

　　（听掌声如春雷吼，

　　鼓乐暴雨似的流！）

在缤纷的花雨中步慵慵的向前：

　　（向前，向前，

　　到礼台边，

　　见新郎面！）

莫非这嘉礼惊醒了你的忧愁：

　　一针针的忧愁，

　　你的芳心刺透，

　　逼迫你热泪流，——

新娘，为什么你紧锁你的眉尖？

二

新娘，这礼堂不是杀人的屠场，

　　（听掌声如震天雷，

　　闹乐暴雨似的催！）

那台上站着的不是吃人的魔王：

    他是新郎，

    他是新郎，

    你的新郎；

新娘，美满的幸福等在你的前面，

    你快向前，

    到礼台边，

    见新郎面——

新娘，这礼堂不是杀人的屠场！

三

新娘，有谁猜得你的心头怨？——

    （听掌声如劈山雷，

    鼓乐暴雨似的催，

催花巍巍的新人快步的向前，

    向前，向前，

    到礼台边，

    见新郎面。）

莫非你到今朝，这定运的一天，

    又想起那时候，

    他热烈的抱搂，

    那颤栗，那绸缪——

新娘，有谁猜得你的心头怨？

四

新娘，把钩消的墓门压在你的心上：

    （这礼堂是你的坟场，

      你的生命从此埋葬！）

让伤心的热血添浓你颊上的红光；

    （你快向前，

      到礼台边，

      见新郎面！）

忘却了，永远忘却了人间有一个他：

    让时间的灰烬，

    掩埋了他的心，

    他的爱，他的影，——

新娘，谁不艳羡你的幸福，你的荣华！

两地相思

（一） 他——

今晚的月亮像她的眉毛，
　　这弯弯的够多俏！
今晚的天空像她的爱情，
　　这蓝蓝的够多深！
那样多是你的，我听她说，
　　你再也不用疑惑；
给你这一团火，她的香唇，
　　还有她更热的腰身！
谁说做人不该多吃点苦？——
　　吃到了底才有数。
这来可苦了她，盼死了我，
　　半年不是容易过！
她这时候，我想，正靠着窗，
　　手托着俊俏脸庞，
在想，一滴泪正挂在腮边，
　　像露珠沾上草尖：
在半忧愁半欢喜的预计，

计算着我的归期；
阿，一颗纯洁的爱我的心，
　那样的专！那样的真！
还不催快你胯下的牲口，
　趁月光清水似流，
趁月光清水似流，赶回家
　去亲你唯一的她！

（二） 她——

今晚的月色又使我想起
　我半年前的昏迷，
那晚我不该喝那三杯酒，
　添了我一世的愁；
我不该把自由随手给扔，——
　活该我今儿的闷！
他待我倒真是一片至诚，
　像竹园里的新笋，
不怕风吹，不怕雨打，一样
　他还是往上滋长；
他为我吃尽了苦，就为我
　他今天还在奔波；——
我又没有勇气对他明讲
　我改变了的心肠！
今晚月儿弓样，到月圆时
　我，我如何能躲避！

我怕，我爱，这来我真是难，
　恨不能往地底钻：
可是你，爱，永远有我的心，
　听凭我是浮是沉：
他来时要抱，我就让他抱，
（这葫芦不破的好，）
但每回我让他亲——我的唇，
　爱，亲的是你的吻！

罪与罚（一）

在这冰冷的深夜，在这冰冷的庙前，

匍匐着，星光里照出，一个冰冷的人形：

是病吗？不听见有呻吟。

死了吗？她肢体在颤震。

阿，假如你的手能向深奥处摸索，

她那冰冷的身体里还有个更冷的心！

她不是遇难的孤身，

她不是被摈弃的妇人；

不是尼僧，尼僧也不来深夜里修行；

她没有犯法，她的不是寻常的罪名：

她是一个美妇人，

她是一个恶妇人，——

她今天忽然发觉了她无形中的罪孽，

因此在这深夜里到上帝跟前来招认。

罪与罚（二）

"你——你问我为什么对你脸红？
这是天良，朋友，天良的火烧，
好，交给你了，记下我的口供，
满铺着谎的床上哪睡得着？

"你先不用问她们那都是谁
回头你——（你有水不？我喝一口。
单这一提，我的天良就直追，
逼得我一口气直顶着咽喉。）

"冤孽！天给我这样儿：毒的香，
造孽的根，假温柔的野兽！
什么意识，什么天理，什么思想，
那敌得住那肉鲜鲜的引诱！

"先是她家那嫂子，风流，当然：
偏嫁了个丈夫不是个男人；
这干烤着的木柴早够危险，
再来一星星的火花——不就成！

"那一星的火花正轮着我——该！
才一面，够甘脆的，魔鬼的得意；
一瞟眼，一条线，半个黑夜：
十七岁的童贞，一个活寡的急！

"堕落是一个进了出不得的坑：
可不是个陷坑，越陷越没有底；
咒他的！一桩桩更鲜艳的沉沦，
挂彩似的扮得我全没了主意！

"现吃亏的当然是女人，也可怜，
一步的孽报追着一步的孽因，
她又不能往阉子身上推，活罪，——
一包药粉换着了一身的毒鳞！

"这还是引子，下文才真是孽债：
她家里另有一双并蒂的白莲，
透水的鲜，上帝禁阻闲蜂来采，
但运命偏不容这白玉的贞坚。

"那西湖上一宿的猖狂，又是我，
你知道，捣毁了那并蒂的莲苞——
单只一度！但这一度！谁能饶恕，
天，这蹂躏！这色情狂的恶屠刀！

"那大的叫铃的偏对浪子情痴，
她对我矢贞，你说这事情多瘪！
我本没有自由，又不能伴她死，
眼看她疯，丢丑，喔！雷砸我的脸！

"这事情说来你也该早明白，
我见着你眼内一阵阵的冒火：
本来！今儿我是你的囚犯，听凭
你发落，你裁判，杀了我，绞了我；

"我半点儿不生怨意，我再不能
不自首，天良逼得我没缝儿躲；
年轻人谁免得了有时候朦混，
但是天，我的分儿不有点太酷？

"谁料到这造孽的网兜着了你，
你，我的长兄，我的唯一的好友！
你爱箕，箕也爱你；箕是无罪的：
有罪是我，天罚那离奇的引诱！

"她的忠顺你知道，这六七年里，
她那一事不为你牺牲，你不说
女人再没有箕的自苦；她为你
甘心自苦，为要洗净那一点错。

"这错又不是她的，你不能怪她；
话说完了，我放下了我的重负，
我唯一的祈求是保全你的家：
她是无罪的，我再说，我的朋友！"

三　猛虎集

献　词

那天你翩翩的在空际云游，
自在，轻盈，你本不想停留
在天的那方或地的那角，
你的愉快是无拦阻的逍遥。

你更不经意在卑微的地面
有一流涧水，虽则你的明艳
在过路时点染了他的空灵，
使他惊醒，将你的倩影抱紧。

他抱紧的只是绵密的忧愁，
因为美不能在风光中静止；
他要，你已飞渡万重的山头，
去更阔大的湖海投射影子！

他在为你消瘦，那一流涧水，
在无能的盼望，盼望你飞回！

我等候你

我等候你。

我望着户外的昏黄

如同望着将来，

我的心震盲了我的听。

你怎还不来？希望

在每一秒钟上允许开花。

我守候着你的步履，

你的笑语，你的脸，

你的柔软的发丝，

守候着你的一切；

希望在每一秒钟上

枯死——你在那里？

我要你，要得我心里生痛，

我要你的火焰似的笑，

要你的灵活的腰身，

你的发上眼角的飞星；

我陷落在迷醉的氛围中，

像一座岛，

在蟒绿的海涛间，不自主的在浮沉……

喔，我迫切的想望

你的来临，想望

那一朵神奇的优昙

开上时间的顶尖！

你为什么不来，忍心的？

你明知道，我知道你知道，

你这不来于我是致命的一击，

打死我生命中乍放的阳春，

教坚实如矿里的铁的黑暗，

压迫我的思想与呼吸；

打死可怜的希冀的嫩芽，

把我，囚犯似的，交付给

妒与愁苦，生的羞惭

与绝望的惨酷。

这也许是痴。竟许是痴。

我信我确然是痴；

但我不能转拨一支已然定向的舵，

万方的风息都不容许我犹豫——

我不能回头，运命驱策着我！

我也知道这多半是走向

毁灭的路；但

为了你，为了你，

我什么也都甘愿；

这不仅我的热情，

我的仅有的理性亦如此说。

痴！想磔碎一个生命的纤微

为要感动一个女人的心！

想博得的，能博得的，至多是

她的一滴泪，

她的一阵心酸，

竟许一半声漠然的冷笑；

但我也甘愿，即使

我粉身的消息传到

她的心里如同传给

一块顽石，她把我看作

一只地穴里的鼠，一条虫，

我还是甘愿！

痴到了真，是无条件的，

上帝他也无法调回一个

痴定了的心，如同一个将军

有时调回已上死线的士兵。

枉然，一切都是枉然，

你的不来是不容否认的实在，

虽则我心里烧着泼旺的火，

饥渴着你的一切，

你的发，你的笑，你的手脚；

任何的痴想与祈祷

不能缩短一小寸

你我间的距离！

户外的昏黄已然

凝聚成夜的乌黑，

树枝上挂着冰雪，

鸟雀们典去了它们的啁啾，

沉默是这一致穿孝的宇宙。
钟上的针不断的比着
玄妙的手势，像是指点，
像是同情，像的嘲讽，
每一次到点的打动，我听来是
我自己的心的
活埋的丧钟。

春的投生

昨晚上，
再前一晚也是的，
在雷雨的猖狂中
春
　　投生入残冬的尸体。

不觉得脚下的松软，
耳鬓间的温驯吗？
树枝上浮着青，
潭里的水漾成无限的缠绵；
再有你我肢体上
胸膛间的异样的跳动；

桃花早已开上你的脸，
我在更敏锐的消受
你的媚，吞咽
你的连珠的笑；
你不觉得我的手臂
更迫切的要求你的腰身，
我的呼吸投射到你的身上

如同万千的飞萤投向光焰?

这些，还有别的许多说不尽的，
和着鸟雀们的热情的回荡，
都在手携手的赞美着
春的投生。

二月二十八日

拜 献

山，我不赞美你的壮健，

海，我不歌咏你的阔大，

风波，我不颂扬你威力的无边；

但那在雪地里挣扎的小草花，

路旁冥盲中无告的孤寡，

烧死在沙漠里想归去的雏燕，——

给他们，给宇宙间一切无名的不幸，

我拜献，拜献我胸肋间的热，

管里的血，灵性里的光明；

我的诗歌——在歌声嘹亮的一俄顷，

天外的云彩为你们织造快乐，

　　起一座虹桥，

　　指点着永恒的消遥，

在嘹亮的歌声里消纳了无穷的苦厄！

渺　小

我仰望群山的苍老，
　　他们不说一句话。
阳光描出我的渺小，
　　小草在我的脚下。

我一人停步在路隅，
　　倾听空谷的松籁；
青天里有白云盘踞——
　　转眼间忽又不在。

阔的海

阔的海空的天我不需要，
我也不想放一只巨大的纸鹞
上天去捉弄四面八方的风；
　　我只要一分钟
　　我只要一点光
　　我只要一条缝，——
　　像一个小孩爬伏
　　在一间暗屋的窗前
　　望着西天边不死的一条
缝，一点
光，一分
钟。

猛　虎①

猛虎，猛虎，火焰似的烧红
在深夜的莽丛，
何等神明的巨眼或是手
能擘画你的骇人的雄厚？

在何等遥远的海底还是天顶
烧着你眼火的纯晶？
跨什么翅膀他胆敢飞腾？
凭什么手敢擒住那威棱？

是何等肩腕，是何等神通，
能雕镂你的藏府的系统？
等到你的心开始了活跳，
何等震惊的手，何等震惊的脚？

椎的是什么锤？使的什么练？
在什么洪炉里熬炼你的脑液？
什么砧座，什么骇异的拿把，

---

① 　此诗原名 *The Tiger*，作者 William Blake。

胆敢它的凶恶的惊怕擒抓？

当群星放射它们的金芒，
满天上泛滥着它们的泪光，
见到他的工程，他露不露笑容？
造你的不就是那造小羊的神工？

猛虎，猛虎，火焰似的烧红
在深夜的莽丛，
何等神明的巨眼或是手
胆敢擘画你的惊人的雄厚？

五月一日

他眼里有你

我攀登了万仞的高冈，
荆棘扎烂了我的衣裳，
我向飘渺的云天外望——
　　上帝，我望不见你！

我向坚厚的地壳里掏，
捣毁了蛇龙们的老巢，
在无底的深潭里我叫——
　　上帝，我听不到你！

我在道旁见一个小孩：
活泼，秀丽，褴褛的衣衫；
他叫声妈，眼里亮着爱——
　　上帝，他眼里有你！

　　　　　　　　　十一月二日星家坡

在不知名的道旁

——印　度

什么无名的苦痛，悲悼的新鲜，
什么压迫，什么冤曲，什么烧烫
你体肤的伤，妇人，使你蒙着脸
在这昏夜，在这不知名的道旁，
任凭过往人停步，讶异的看你，
你只是不作声，黑绵绵的坐地？

还有蹲在你身旁悚动的一堆，
一双小黑眼闪荡着异样的光，
像暗云天偶露的星晞，她是谁？
疑惧在她脸上，可怜的小羔羊，
她怎知道人生的严重，夜的黑，
她怎能明白运命的无情，惨刻？

聚了，又散了，过往人们的讶异。
刹那的同情也许；但他们不能
为你停留，妇人，你与你的儿女；
伴着你的孤单，只昏夜的阴沉，
与黑暗里的萤光，飞来你身旁，
来照亮那小黑眼闪荡的星芒！

车　上

这一车上有各等的年岁，各色的人：
有出须的，有奶孩，有青年，有商，有兵；
也各有各的姿态：傍着的，躺着的，
张眼的，闭眼的，向窗外黑暗望着的。

车轮在铁轨上辗出重复的繁响，
天上没有星点，一路不见一些灯亮；
只有车灯的幽辉照出旅客们的脸，
他们老的少的，一致声诉旅程的疲倦。

这时候忽然从最幽暗的一角发出
歌声：像是山泉，像是晓鸟，蜜甜，清越，
又像是荒漠里点起了通天的明燎，
它那正直的金艳投射到遥远的山坳。

她是一个小孩，欢欣摇开了她的歌喉；
在这冥盲的旅程上，在这昏黄时候，
像是奔发的山泉，像是狂欢的晓鸟，
她唱，直唱得一车上满是音乐的幽妙。

旅客们一个又一个的表示着惊异，
渐渐每一个脸上来了有光辉的惊喜：
买卖的，军差的，老辈，少年，都是一样，
那吃奶的婴儿，也把他的小眼开张。

她唱，直唱得旅途上到处点上光亮，
层云里翻出玲珑的月和斗大的星，
花朵，灯彩似的，在枝头竞赛着新样，
那细弱的草根也在摇曳轻快的青萤！

车 眺

一

我不能不赞美
这向晚的五月天；
怀抱着云和树
那些玲珑的水田。

二

白云穿掠着晴空，
像仙岛上的白燕！
晚霞正照着它们，
白羽镶上了金边。

三

背着轻快的晚凉，
牛，放了工，呆着做梦；
孩童们在一边蹲，
想上牛背，美，逞英雄！

四

在绵密的树荫下，
有流水，有白石的桥，
桥洞下早来了黑夜，
流水里有星在闪耀。

五

绿是豆畦，阴是桑树林，
幽郁是溪水傍的草丛，
静是这黄昏时的田景，
但你听，草虫们的飞动！

六

月亮在昏黄里上妆
太阳心慌的向天边跑；
他怕见她，他怕她见，——
怕她见笑一脸的红糟！

再别康桥

轻轻的我走了，
    正如我轻轻的来；
我轻轻的招手，
    作别西天的云彩。

那河畔的金柳，
    是夕阳中的新娘；
波光里的艳影，
    在我的心头荡漾。

软泥上的青荇，
    油油的在水底招摇；
在康河的柔波里，
    我甘心做一条水草！

那榆荫下的一潭，
    不是清泉，是天上虹，
揉碎在浮藻间，
    沉淀着彩虹似的梦。

寻梦？撑一支长篙，
　　向青草更青处漫溯，
满载一船星辉，
　　在星辉斑斓里放歌。

但我不能放歌，
　　悄悄是别离的笙箫；
夏虫也为我沉默，
　　沉默是今晚的康桥！

悄悄的我走了，
　　正如我悄悄的来；
我挥一挥衣袖，
　　不带走一片云彩。

十一月六日中国海上

干着急

朋友，这干着急有什么用。
喝酒玩吧，这槐树下凉快；
看槐花直掉在你的杯中——
别嫌它：这也是一种的爱。

胡知了到天黑还在直叫
（她为我的心跳还不一样？）
那紫金山头有夕阳返照
（我心头，不是夕阳，是惆怅！）

这天黑得草木全变了形
（天黑可盖不了我的心焦；）
又是一天，天上点满了银
（又是一天，真是，这怎么好！）

秀山公园八月二十七日

俘虏颂

我说朋友，你见了没有，那俘虏：
　拼了命也不知为谁，
　提着杀人的凶器，
　带着杀人的恶计，
　趁天没有亮，堵着嘴，
望长江的浓雾里悄悄的飞渡；

趁太阳还在崇明岛外打盹，
　满江心只是一片阴，
　破着褴褛的江水，
　不提防冤死的鬼，
　爬在时间背上讨命，
挨着这一船船替死来的接吻；

他们摸着了岸就比到了天堂：
　顾不得险，顾不得潮，
　一耸身就落了地
　（梦里的青蛙惊起，）
　踹烂了六朝的青草，
燕子矶的嶙峋都变成了康庄！

干什么来了，这"大无畏"的精神?

　　算是好男子不怕死? ——

　　为一个人的荒唐，

　　为几元钱的奖赏，

　　闯进了魔鬼的圈子，

供献了身体，在乌龙山下变粪?

看他们今儿个做俘虏的光荣!

　　身上脸上全挂着彩，

　　眉眼糊成了玫瑰，

　　口鼻裂成了山水，

　　脑袋顶着朵大牡丹，

在夫子庙前，在秦淮河边寻梦!

　　　　　　　　　　　　　　　　　九月四日

　　此诗原投《现代评论》，刊出后编辑先生来信，说他擅主割去了末了
一段，因为有了那一段诗意即成了"反革命"，剪了那一段则是"绝妙的
一首革命诗"，因而为报也为作者，他决意割去了那条不革命的尾巴! 我
原稿就只那一份，割去那一段我也记不起，重做也不愿意，要删又有朋友
不让，所以就让它照这"残样"站着吧。

　　　　　　　　　　　　　　　　　志　摩

秋 虫

秋虫，你为什么来？人间
早不是旧时候的清闲；
这青草，这白露，也是兽：
再也没有用，这些诗材！
黄金才是人们的新宠，
她占了白天，又霸住梦！
爱情：像白天里的星星，
她早就回避，早没了影。
天黑它们也不得回来，
半空里永远有乌云盖。
还有廉耻也告了长假，
他躲在沙漠地里住家；
花尽着开可结不成果，
思想被主义奸污得苦！
你别说这日子过得闷，
晦气脸的还在后面跟！
这一半也是灵魂的懒，
他爱躲在园子里种菜
"不管，"他说："听他往下丑——
变猪，变蛆，变蛤蟆，变狗……

过天太阳羞得遮了脸，

月亮残阙了再不肯圆，

到那天人道真灭了种，

我再来打——打革命的钟！"

一九二七年秋

怨　得

怨得这相逢；
谁作的主？——风！

也就一半句话，
露水润了枯芽。

黑暗——放一箭光；
飞蛾：他受了伤。

偶然，真是的。
惆怅？喔何必！

伦敦旅次九月

深 夜

深夜里，街角上，
梦一般的灯芒。

烟雾迷裹着树！
怪得人错走了路？

"你害苦了我——冤家！"
她哭，他——不答话。

晓风轻摇着树尖：
掉了，早秋的红艳。

伦敦旅次九月

季 候

一

他俩初起的日子，
像春风吹着春花。
花对风说："我要"，
风不回话：他给！

二

但春花早变了泥，
春风也不知去向。
她怨，说天时太冷；
"不久就冻冰，"他说。

杜　鹃

杜鹃，多情的鸟，他终宵唱：
在夏荫深处，仰望着流云
飞蛾似围绕亮月的明灯，
星光疏散如海滨的渔火，
甜美的夜在露湛里休憩，
他唱，他唱一声"割麦插禾"，——
农夫们在天放晓时惊起。

多情的鹃鸟，他终宵声诉，
是怨，是慕，他心头满是爱，
满是苦，化成缠绵的新歌，
柔情在静夜的怀中颤动；
他唱，口滴着鲜血，斑斑的，
染红露盈盈的草尖，晨光
轻摇着园林的迷梦；他叫，
他叫，他叫一声"我爱哥哥！"

黄 鹂

一掠颜色飞上了树。
"看，一只黄鹂！"有人说。
翘着尾尖，它不作声，
艳异照亮了浓密——
像是春光，火焰，像是热情。

等候它唱，我们静着望，
怕惊了它。但它一展翅，
冲破浓密，化一朵彩云；
它飞了，不见了，没了——
像是春光，火焰，像是热情。

秋　月

一样是月色，
今晚上的，因为我们都在抬头看——
看它，一轮腴满的妩媚，
从乌黑得如同暴徒一般的
云堆里升起——
看得格外的亮，分外的圆。
它展开在道路上，
它飘闪在水面上，
它沉浸在
水草盘结得如同忧愁般的
水底；
它睥睨在古城的雉堞上，
万千的城砖在它的清亮中
呼吸，
它抚摸着
错落在城厢外面的墓墟，
在宿鸟的断续的呼声里，
想见新旧的鬼，
也和我们似的相依偎的站着，
眼珠放着光，

咀嚼着彻骨的阴凉:

银色的缠绵的诗情

如同水面的星磷,

在露盈盈的空中飞舞。

听那四野的吟声——

永恒的卑微的谐和,

悲哀揉和着欢畅,

怨仇与恩爱,

晦冥交抱着火电,

在这夐绝的秋夜与秋野的

苍茫中,

"解化"的伟大

在一切纤微的深处

展开了

婴儿的微笑!

十月中

山　中

庭院是一片静，
　听市谣围抱；
织成一地松影——
　看当头月好！

不知今夜山中，
　是何等光景；
想也有月，有松，
　有更深的静。

我想攀附月色，
　化一阵清风，
吹醒群松春醉，
　去山中浮动；

吹下一针新碧，
　掉在你窗前；
轻柔如同叹息——
　不惊你安眠！

四月一日

两个月亮

我望见有两个月亮：
一般的样，不同的相。

一个这时正在天上，
披敞着雀毛的衣裳；
她不吝惜她的恩情，
满地全是她的金银。
她不忘故宫的琉璃，
三海间有她的清丽。
她跳出云头，跳上树，
又躲进新绿的藤萝。
她那样玲珑，那样美，
水底的鱼儿也得醉！
但她有一点子不好，
她老爱向瘦小里耗；
有时满天只见星点，
没了那迷人的圆脸，
虽则到时候照样回来，
但这份相思有些难挨！

还有那个你看不见，
虽则不提有多么艳！
她也有她醉涡的笑，
还有转动时的灵妙；
说慷慨她也从不让人，
可惜你望不到我的园林！
可贵是她无边的法力，
常把我灵波向高里提：
我最爱那银涛的汹涌，
浪花里有音乐的银钟；
就那些马尾似的白沫，
也比得珠宝经过雕琢。
　　一轮完美的明月，
　　又况是永不残缺！
只要我闭上这一双眼，
她就婷婷的升上了天！

　　　　　　　　四月二日月圆深夜

给——

我记不得维也纳，
　　除了你，阿丽思；
我想不起佛兰克府，
　　除了你，桃乐斯；
尼司，佛洛伦司，巴黎，
　　也都没有意味，
要不是你们的艳丽，——
　　玖思，麦蒂特，腊妹，
　　　翩翩的，盈盈的，
　　　孜孜的，婷婷的，
照亮着我记忆的幽黑，
　　像冬夜的明星，
　　像暑夜的游萤——
　　怎教我不倾颓！
　　怎教我不迷醉！

一块晦色的路碑

脚步轻些，过路人！
休惊动那最可爱的灵魂，
如今安眠在这地下，
有绛色的野草花掩护她的余烬。

你且站定，在这无名的土阜边，
任晚风吹弄你的衣襟；
倘如这片刻的静定感动了你的悲悯，
让你的泪珠圆圆的滴下——
为这长眠着的美丽的灵魂！

过路人，假若你也曾
在这人间不平的道上颠顿，
让你此时的感愤凝成最锋利的悲悯，
在你的激震着的心叶上，
刺出一滴，两滴的鲜血——
为这遭冤屈的最纯洁的灵魂！

枉　然

你枉然用手锁着我的手，
女人，用口嚌住我的口，
枉然用鲜血注入我的心，
火烫的泪珠见证你的真；

迟了！你再不能叫死的复活，
从灰土里唤起原来的神奇：
纵然上帝怜念你的过错，
他也不能拿爱再交给你！

生　活

阴沉，黑暗，毒蛇似的蜿蜒，
生活逼成了一条甬道：
一度陷入，你只可向前，
手扪索着冷壁的黏潮，

在妖魔的脏腑内挣扎，
头顶不见一线的天光，
这魂魄，在恐怖的压迫下，
除了消灭更有什么愿望？

五月二十九日

残　春

昨天我瓶子里斜插着的桃花
是朵朵媚笑在美人的腮边挂；
今儿它们全低了头，全变了相：——
红的白的尸体倒悬在青条上。

窗外的风雨报告残春的运命，
丧钟似的音响在黑夜里叮咛：
"你那生命的瓶子里的鲜花也
变了样：艳丽的尸体，谁给收殓？"

残　破

一

深深的在深夜里坐着：
当窗有一团不圆的光亮，
　　风挟着灰土，在大街上
　　　小巷里奔跑：
我要在枯秃的笔尖上袅出
一种残破的残破的音调，
为要抒写我的残破的思潮。

二

深深的在深夜里坐着：
生尖角的夜凉在窗缝里
　　妒忌屋内残余的暖气，
　　　也不饶恕我的肢体：
但我要用我半干的墨水描成
一些残破的残破的花样，
因为残破，残破是我的思想。

三

深深的在深夜里坐着，
左右是一些丑怪的鬼影：
　焦枯的落魄的树木
　　在冰沉沉的河沿叫喊，
　　比着绝望的姿势，
正如我要在残破的意识里
重兴起一个残破的天地。

四

深深的在深夜里坐着，
闭上眼回望到过去的云烟：
阿，她还是一枝冷艳的白莲，
　斜靠着晓风，万种的玲珑；
但我不是阳光，也不是露水，
我有的只是些残破的呼吸，
　如同封锁在壁椽间的群鼠，
追逐着，追求着黑暗与虚无！

活　该

活该你早不来！
热情已变死灰。

提什么已往？——
枯髅的磷光！

将来？——各走各的道，
长庚管不着"黄昏晓"。

爱是痴，恨也是傻；
谁点得清恒河的沙？

不论你梦有多么圆，
周围是黑暗没有边。

比是消散了的诗意，
趁早掩埋你的旧忆。

这苦脸也不用装，
到头儿总是个忘！

得！我就再亲你一口：

热热的！去，再不许停留。

卑　微

卑微，卑微，卑微，
风在吹
无抵抗的残苇：

枯槁它的形容，
心已空，
音调如何吹弄？

它在向风祈祷：
"忍心好，
将我一拳椎倒。"

"也是一宗解化——
本无家，
任飘泊到天涯！"

我不知道风是在那一个方向吹

　　我不知道风
　　是在那一个方向吹——
　　我是在梦中，
　　在梦的轻波里依洄。

　　我不知道风
　　是在那一个方向吹——
　　我是在梦中，
　　她的温存，我的迷醉。

　　我不知道风
　　是在那一个方向吹——
　　我是在梦中，
　　甜美是梦里的光辉。

　　我不知道风
　　是在那一个方向吹——
　　我是在梦中，
　　她的负心，我的伤悲。

我不知道风
是在那一个方向吹——
我是在梦中，
在梦的悲哀里心碎！

我不知道风
是在那一个方向吹——
我是在梦中，
黯淡是梦里的光辉。

哈　代

哈代，厌世的，不爱活的，
　　这回再不用怨言，
一个黑影蒙住他的眼？
　　去了，他再不露脸。

八十八年不容易过，
　　老头活该他的受，
抗着一肩思想的重负，
　　早晚都不得放手。

为什么放着甜的不尝，
　　暖和的座儿不坐，
偏挑那阴凄的调儿唱，
　　辣味儿辣得口破，

他是天生那老骨头僵，
　　一对眼拖着看人，
他看着了谁谁就遭殃，
　　你不用跟他讲情！

他就爱把世界剖着瞧，
　　是玫瑰也给拆坏；
他没有那画眉的纤巧，
　　他有夜鸮的古怪！

古怪，他争的就只一点——
　　一点"灵魂的自由，"
也不是成心跟谁翻脸，
　　认真就得认个透。

他可不是没有他的爱——
　　他爱真诚，爱慈悲：
人生就说是一场梦幻，
　　也不能没有安慰。

这日子你怪得他惆怅，
　　怪得他话里有刺，
他说乐观是"死尸脸上
　　抹着粉，搽着胭脂！"

这不是完全放弃希冀，
　　宇宙还得往下延，
但如果前途还有生机，
　　思想先不能随便。

为维护这思想的尊严，

诗人他不敢怠惰，
高擎着理想，睁大着眼，
抉剔人生的错误。

现在他去了，再不说话。
（你听这四野的静，）
你爱忘了他就忘了他
（天吊明哲的凋零！）

旧历元旦

哈代八十六岁诞日自述

好的，世界，你没有骗我，
　你没有冤我，
你说怎么来是怎么来，
你的信用倒真是不坏。
打我是个孩子我常躺
在青草地里对着天望，
说实话我从不曾希冀
　人生有多么艳丽。

打头儿你说，你常在说，
　你说了又说，
你在那云天里，山林间，
散播你的神秘的语言：
"有多人爱我爱过了火，
有的态度始终是温和，
也有老没有把我瞧起，
　到死还是那怪僻。

"我可从不曾过分应承，
　孩子，从不过分；

做人红黑是这么回事，"
你要我明白你的意思。
正亏你把话说在头里，
我不踌躇的信定了你，
要不然每年来的烦恼
　我怎么支持得了？

四　云游

云　游

那天你翩翩的在空际云游，
自在，轻盈，你本不想停留
在天的那方或地的那角，
你的愉快是无拦阻的逍遥。
你更不经意在卑微的地面
有一流涧水，虽则你的明艳
在过路时点染了他的空灵，
使他惊醒，将你的倩影抱紧。

他抱紧的只是绵密的忧愁，
因为美不能在风光中静止；
他要，你已飞度万重的山头，
去更阔大的湖海投射影子！
他在为你消瘦，那一流涧水，
在无能的盼望，盼望你飞回！

火车禽住轨

火车禽住轨，在黑夜里奔：
过山，过水，过陈死人的坟；

过桥，听钢骨牛喘似的叫，
过荒野，过门户破烂的庙，

过池塘，群蛙在黑水里打鼓，
过噤口的村庄，不见一粒火；

过冰清的小站，上下没有客，
月台袒露着肚子，像是罪恶。

这时车的呻吟惊醒了天上
三两个星，躲在云缝里张望：

那是干什么的，他们在疑问，
大凉夜不歇着，直闹又是哼，

长虫似的一条，呼吸是火焰，
一死儿往暗里闯，不顾危险，

就凭那精窄的两道，算是轨，
驮着这份重，梦一般的累坠。

累坠！那些奇异的善良的人，
放平了心安睡，把他们不论

俊的村的命全盘交给了它，
不问爬的是高山还是低洼，

不问深林里有怪鸟在诅咒，
天象的辉煌全对着毁灭走；

只图眼前过得，裂大嘴打呼，
明儿车一到，抢了皮包走路！

这态度也不错！愁没有个底；
你我在天空，那天也不休息，

睁大了眼，什么事都看分明，
但自己又何尝能支使运命？

说什么光明，智慧永恒的美，
彼此同是在一条线上受罪；

就差你我的寿数比他们强，
这玩艺反正是一片糊涂账。

你　去

你去，我也走，我们在此分手；
你上那一条大路，你放心走，
你看那街灯一直亮到天边，
你只消跟从这光明的直线！
你先走，我站在此地望着你，
放轻些脚步，别教灰土扬起，
我要认清你的远去的身影，
直到距离使我认你不分明
再不然我就叫响你的名字，
不断的提醒你有我在这里
为消解荒街与深晚的荒凉，
目送你归去……

　　　　不，我自有主张，
你不必为我忧虑；你走大路，
我进这条小巷，你看那棵树，
高抵着天，我走到那边转弯，
再过去是一片荒野的凌乱：
有深潭，有浅洼，半亮着止水，
在夜芒中像是纷披的眼泪；
有石块，有钩刺胫踝的蔓草，

在期待过路人疏神时绊倒！
但你不必焦心，我有的是胆，
凶险的途程不能使我心寒。
等你走远了，我就大步向前，
这荒野有的是夜露的清鲜；
也不愁愁云深里，但须风动，
云海里便波涌星斗的流汞；
更何况永远照彻我的心底；
有那颗不夜的明珠，我爱你！

在病中

我是在病中，这恹恹的倦卧，
看窗外云天，听木叶在风中……
是鸟语吗？院中有阳光暖和，
一地的衰草，墙上爬着藤萝，
有三五斑猩的，苍的，在颤动。
一半天也成泥……
　　　　　　　城外，啊西山！
太辜负了，今年，翠微的秋容！
那山中的明月，有弯，也有环：
黄昏时谁在听白杨的哀怨？
谁在寒风里赏归鸟的群喧？
有谁上山去漫步，静悄悄的，
去落叶林中捡三两瓣菩提？
有谁去佛殿上披拂着尘封，
在夜色里辨认金碧的神容？

这病中心情：一瞬瞬的回忆，
如同天空，在碧水潭中过路，
透映在水纹间斑驳的云翳；
又如阴影闪过虚白的墙隅，

瞥见时似有，转眼又复消散；
又如缕缕炊烟才袅袅，又断……
又如暮天里不成字的寒雁，
飞远，更远，化入远山，化作烟！
又如在暑夜看飞星，一道光
碧银银的抹过，更不许端详。
又如兰蕊的清芬偶尔飘过，
谁能留住这没影踪的婀娜？
又如远寺的钟声，随风吹送，
在春宵，轻摇你半残的春梦！

二十年五月续成七年前残稿

雁儿们

雁儿们在云空里飞，
　　看她们的翅膀，
　　看她们的翅膀，
有时候纡回，
　　有时候匆忙。

雁儿们在云空里飞，
　　晚霞在她们身上，
　　晚霞在她们身上，
有时候银辉，
　　有时候金芒。

雁儿们在云空里飞
　　听她们的歌唱！
　　听她们的歌唱！
有时候伤悲，
　　有时候欢畅。

雁儿们在云空里飞，
　　为什么翱翔？

为什么翱翔?
她们少不少旅伴?
她们有没有家乡?

雁儿们在云空里彷徨,
　　天地就快昏黑!
　　天地就快昏黑!
前途再没有天光,
孩子们往那儿飞?

天地在昏黑里安睡,
　　昏黑迷住了山林,
　　昏黑催眠了海水;
这时候有谁在倾听
昏黑里泛起的伤悲。

鲤　跳

那天你走近一道小溪，
我说"我抱你过去，"你说"不；"
"那我总得搀你，"你又说"不。"
"你先过去，"你说，"这水多丽！"

"我愿意做一尾鱼，一芰草，
在风光里长，在风光里睡，
收拾起烦恼，再不用流泪；
现在看！我这锦鲤似的跳！"

一闪光艳，你已纵过了水；
脚点地时那轻，一身的笑，
像柳丝，腰那在俏丽的摇；
水波里满是鲤鳞的霞绮！

　　　　　　　　　　　　七月九日

别拧我，疼

"别拧我，疼，"……
你说，微锁着眉心。

那"疼"，一个精圆的半吐，
在舌尖上溜——转。

一双眼也在说话，
睛光里漾起
心泉的秘密。

梦
洒开了
轻纱的网。

"你在那里？"
"让我们死，"你说。

领 罪

这也许是个最好的时刻。
不是静。听对面园里的鸟，
从杜鹃到麻雀，已在叫晓。
我也再不能抵抗我的困，
它压着我像霜压着树根；
断片的梦已在我的眼前
飘拂，像在晓风中的树尖。
也不是有什么非常的事，
逼着我决定一个否与是。
但我非得留着我的清醒，
用手推着黑甜乡的诱引：
因为这是我唯一的机会，
自己到自己跟前来领罪。
领罪，我说不是罪是什么？
这日子过得有什么话说！

难　忘

这日子——从天亮到昏黄，

虽则有时花般的阳光，

从郊外的麦田，

半空中的飞燕，

照亮到我劳倦的眼前，

给我刹那间的舒爽，

我还是不能忘——

不忘旧时的积累，

也不分是恼是愁是悔，

在心头，在思潮的起伏间，

像是迷雾，像是诅咒的凶险：

它们包围，它们缠绕，

它们狞露着牙，它们咬，

它们烈火般的煎熬，

它们伸拓着巨灵的掌，

把所有的忻快拦挡……

一九三○年春

霹雳的一声笑，
从云空直透到地，
刮它的脸扎它的心，
说："醒罢，老睡着干么？"

三日，沪宁车上。

爱的灵感

——奉适之

下面这些诗行好歹是他撩拨出来的，正如这十年来大多数的诗行好歹是他撩拨出来的！

不妨事了，你先坐着罢，

这阵子可不轻，我当是

已经完了，已经整个的

脱离了这世界，飘渺的，

不知到了那儿。仿佛有

一朵莲花似的云拥着我，

（她脸上浮着莲花似的笑）

拥着到远极了的地方去⋯⋯

唉，我真不希罕再回来，

人说解脱，那许就是罢！

我就像是一朵云，一朵

纯白的，纯白的云，一点

不见分量，阳光抱着我，

我就是光，轻灵的一球，

往远处飞，往更远处飞；

什么累赘，一切的烦愁，

恩情，痛苦，怨，全都远了，

就是你——请你给我口水，
是橙子吧，上口甜着哪
就是你，你是我的谁呀！
就你也不知那里去了：
就有也不过是晓光里

一发的青山，一缕游丝，
一翳微妙的晕；说至多
也不过如此，你再要多
我那朵云也不能承载，
你，你得原谅，我的冤家！……

不碍，我不累，你让我说，
我只要你睁着眼，就这样，
叫哀怜与同情，不说爱，
在你的泪水里开着花，
我陶醉着它们的幽香；

在你我这最后，怕是吧，
一次的会面，许我放娇，
容许我完全占定了你，
就这一晌，让你的热情，
像阳光照着一流幽涧，

透澈我的凄冷的意识，
你手把住我的，正这样，
你看你的壮健，我的衰，
容许我感受你的温暖，
感受你在我血液里流，
鼓动我将次停歇的心，

留下一个不死的印痕：
这是我唯一，唯一的祈求……
好，我再喝一口，美极了，
多谢你。现在你听我说。
但我说什么呢？到今天，
一切事都已到了尽头，
我只等待死，等待黑暗，
我还能见到你，偎着你，
真像情人似的说着话，
因为我够不上说那个，
你的温柔春风似的围绕，
这于我是意外的幸福，
我只有感谢，（她合上眼。）
什么话都是多余，因为
话只能说明能说明的，
更深的意义，更大的真，
朋友，你只能在我的眼里，
在枯干的泪伤的眼里
认取。

　　我是个平常的人，
我不能盼望在人海里
值得你一转眼的注意。
你是天风：每一个浪花
一定得感到你的力量，
从它的心里激出变化，
每一根小草也一定得

在你的踪迹下低头，在
绿的颤动中表示惊异；
但谁能止限风的前程，
他横掠过海，作一声吼，
狮虎似的扫荡着田野，
当前是冥茫的无穷，他
如何能想起曾经呼吸
到浪的一花，草的一瓣？
遥远是你我间的距离；
远，太远！假如一只夜蝶
有一天得能飞出天外，
在星的烈焰里去变灰
（我常自己想）那我也许
有希望接近你的时间。
唉，痴心，女子是有痴心的，
你不能不信罢？有时候
我自己也觉得真奇怪，
心窝里的牢结是谁给
打上的？为什么打不开？
那一天我初次望到你，
你闪亮得如同一颗星，
我只是人丛中的一点，
一撮沙土，但一望到你，
我就感到异样的震动，
猛袭到我生命的全部，
真像是风中的一朵花，

我内心摇晃得像昏晕，
脸上感到一阵的火烧，
我觉得幸福，一道神异的
光亮在我的眼前扫过，
我又觉得悲哀，我想哭，
纷乱占据了我的灵府。
但我当时一点不明白，
不知这就是陷入了爱！
"陷入了爱"，真是的！前缘，
孽债，不知到底是什么？
但从此我再没有平安，
是中了毒，是受了催眠，
教运命的铁链给锁住，
我再不能踌躇：我爱你！
从此起我的一瓣瓣的
思想都染着你，在醒时，
在梦里，想躲也躲不去，
我抬头望，蓝天里有你，
我开口唱，悠扬里有你，
我要遗忘，我向远处跑，
另走一道，又碰到了你！
枉然是理智的殷勤，因为
我不是盲目，我只是痴！
但我爱你，我不是自私。
爱你，但永不能接近你。
爱你，但从不要享受你。

即使你来到我的身边，
我许向你望，但你不能
丝毫觉察到我的秘密。
我不妒忌，不艳羡，因为
我知道你永远是我的，
它不能脱离我正如我
不能躲避你，别人的爱
我不知道，也无须知晓，
我的是我自己的造作，
正如那林叶在无形中
收取早晚的霞光，我也
在无形中收取了你的。
我可以，我是准备，到死
不露一句，因为我不必。
死，我是早已望见了的。
那天爱的结打上我的
心头，我就望见死，那个
美丽的永恒的世界；死，
我甘愿的投向，因为它
是光明与自由的诞生。
从此我轻视我的躯体，
更不计较今世的浮荣，
我只企望着更绵延的
时间来收容我的呼吸，
灿烂的星做我的眼睛，
我的发丝，那般的晶莹，

是纷披在天外的云霞，
博大的风在我的腋下
胸前眉宇间盘旋，波涛
冲洗我的胫踝，每一个
激荡涌出光艳的神明！
再有电火做我的思想，
天边掣起蛇龙的交舞，
雷震我的声音，蓦地里
叫醒了春，叫醒了生命。
无可思量，呵，无可比况，
这爱的灵感，爱的力量！
正如旭日的威棱扫荡
田野的迷雾，爱的来临
也不容平凡，卑琐以及
一切的庸俗侵占心灵
它那原来青爽的平阳。
我不说死吗？更不畏惧，
再没有疑虑，再不吝惜
这躯体如同一个财虏，
我勇猛的用我的时光。
用我的时光，我说？天哪，
这多少年是亏我过的！
没有朋友，离背了家乡，
我投到那寂寞的荒城，
在老农中间学做老农，
穿着大布，脚登着草鞋，

栽青的桑，栽白的木棉，
在天不曾放亮时起身，
手搅着泥，头戴着炎阳，
我做工，满身浸透了汗，
一颗热心抵挡着劳倦；
但渐次的我感到趣味，
收拾一把草如同珍宝，
在泥水里照见我的脸，
涂着泥，在坦白的云影
前不露一些羞愧！自然
是我的享受；我爱秋林，
我爱晚风的吹动，我爱
枯苇在晚凉中的颤动，
半残的红叶飘摇到地，
鸦影侵入斜日的光圈；
更可爱是远寺的钟声
交挽村舍的炊烟共做
静穆的黄昏！我做完工，
我慢步的归去，冥茫中
有飞虫在交哄，在天上
有星，我心中亦有光明！
到晚上我点上一支蜡，
在红焰的摇曳中照出
板壁上唯一的画像，
独立在旷野里的耶稣，
（因为我没有你的除了

悬在我心里的那一幅，）
到夜深静定时我下跪，
望着画像做我的祈祷，
有时我也唱，低声的唱，
发放我的热烈的情愫
缕缕青烟似的上通到天。
但有谁听到，有谁哀怜？
你踞坐在荣名的顶巅，
有千万人迎着你鼓掌，
我，陪伴我有冷，有黑夜，
我流着泪，独跪在床前！
一年，又一年，再过一年，
新月望到圆，圆望到残，
寒雁排成了字，又分散，
鲜艳长上我手栽的树，
又叫一阵风给刮做灰。
我认识了季候，星月与
黑夜的神秘，太阳的威；
我认识了地土，它能把
一颗子培成美的神奇，
我也认识一切的生存，
爬虫，飞鸟，河边的小草，
再有乡人们的生趣，我
也认识，他们的单纯与
真，我都认识。

跟着认识
是愉快，是爱，再不畏虑
孤寂的侵凌。那三年间
虽则我的肌肤变成粗，
焦黑薰上脸，剥坏刻上
手脚，我心头只有感谢：
因为照亮我的途径有
爱，那盏神灵的灯，再有
劳苦给我精力，推着我
向前，使我怡然的承当
更大的劳苦，更多的险。
你奇怪吧，我有那能耐？
不可思量是爱的灵感！
我听说古时间有一个
孝女，她为救她的父亲
胆敢上犯君王的天威，
那是纯爱的驱使我信。
我又听说法国中古时
有一个乡女子叫贞德，
她有一天忽然脱去了
她的村服，丢了她的羊，
穿上戎装拿着刀，带领
十万兵，高叫一声"杀贼"，
就冲破了敌人的重围，
救全了国。那也一定是
爱！因为只有爱能给人

不可理解的英勇和胆；
只有爱能使人睁开眼，
认识真，认识价值；只有
爱能使人全神的奋发，
向前闯，为了一个目标，
忘了火是能烧，水能淹。
正如没有光热，这地上
就没有生命，要不是爱，
那精神的光热的根源，
一切光明的惊人的事
也就不能有。

     啊，我懂得！
我说"我懂得"我不惭愧：
因为天知道我这几年，
独自一个柔弱的女子，
投身到灾荒的地域去，
走千百里巉岈的路程，
自身挨着饿冻的惨酷
以及一切不可名状的
苦处说来够写几部书，
是为了什么？为了什么
我把每一个老年灾民
不问他是老人是老妇，
当作生身父母一样看，
每一个儿女当作自身
骨血，即使不能给他们

救度，至少也要吹几口
同情的热气到他们的
脸上，叫他们从我的手
感到一个完全在爱的
纯净中生活着的同类？
为了什么我甘愿哺啜
在平时乞丐都不屑的
饮食，吞咽腐朽与肮脏
如同可口的膏粱；甘愿
在尸体的恶臭能醉倒
人的村落里工作如同
发见了什么珍异？为了
什么？就为"我懂得"，朋友，
你信不？我不说，也不能
说，因为我心里有一个
不可能的爱所以发放
满怀的热到另一方向，
也许我即使不知爱也
能同样做谁知道，但我
总得感谢你，因为从你
我获得生命的意识和
在我内心光亮的点上，
又从意识的沉潜引渡
到一种灵界的莹澈，又
从此产生智慧的微芒
与无穷尽的精神的勇。

啊，假如你能想象我在
灾地时一个夜的看守！
一样的天，一样的星空，
我独自在旷野里或在
桥梁边或在剩有几簇
残花的藤蔓的村篱旁
仰望，那时天际每一个
光亮都为我生着意义，
我饮咽它们的美如同
音乐，奇妙的韵味通流
到内脏与百骸，坦然的
我承受这天赐不觉得
虚怯与羞惭，因我知道
不为己的劳作虽不免
疲乏体肤，但它能拂拭
我们的灵窍如同琉璃，
利便天光无碍的通行。

我话说远了不是？但我
已然诉说到我最后的
回目，你纵使疲倦也得
听到底，因为别的机会
再不会来。你看我的脸
烧红得如同石榴的花，
这是生命最后的光焰，
多谢你不时的把甜水

浸润我的咽喉，要不然
我一定早叫喘息窒死。
你的"懂得"是我的快乐。
我的时刻是可数的了，
我不能不赶快！

　　　　　　我方才
说过我怎样学农，怎样
到灾荒的魔窟中去伸
一只柔弱的奋斗的手，
我也说过我灵的安乐
对满天星斗不生内疚。
但我终究是人是软弱，
不久我的身体得了病，
风雨的毒浸入了纤微，
酿成了猖狂的热。我哥
将我从昏盲中带回家，
我奇怪那一次还不死，
也许因为还有一种罪
我必得在人间受。他们
叫我嫁人，我不能推托。
我或许要反抗假如我
对你的爱是次一等的，
但因我的既不是时空
所能衡量，我即不计较
分秒间的短长。我做了
新娘，我还做了娘，虽则

天不许我的骨血存留。
这几年来我是个木偶，
一堆任凭摆布的泥土；
虽则有时也想到你，但
这想到是正如我想到
西天的明霞或一朵花，
不更少也不更多。同时
病，一再的回复，销蚀了
我的躯壳，我早准备死，
怀抱一个美丽的秘密，
将永恒的光明交付给
无涯的幽冥。我如果有
一个母亲我也许不忍
不让她知道，但她早已
死去，我更没有沾恋；我
每次想到这一点便忍
不住微笑漾上了口角。
我想我死去再将我的
秘密化成仁慈的风雨，
化成指点希望的长虹，
化成石上的苔藓，葱翠
淹没它们的冥顽；化成
黑暗中翅膀的舞，化成
农时的鸟歌；化成水面
锦绣的文章；化成波涛，
永远宣扬宇宙的灵通；

化成月的惨绿在每个

睡孩的梦上添深颜色；

化成星系间的妙乐……

最后的转变是未料的，

天不遂我理想的心愿，

又叫在热谵中漏泄了

我的怀内的珠光！但我

再也不梦想你竟能来，

血肉的你与血肉的我

竟能在我临去的俄顷

陶然的相偎倚，我说，你

听，你听，我说。真是奇怪，

这人生的聚散！

　　　　现在我

真，真可以死了，我要你

这样抱着我直到我去，

直到我的眼再不睁开，

直到我飞，飞，飞去太空，

散成沙，散成光，散成风，

啊苦痛，但苦痛是短的，

是暂时的；快乐是长的，

爱是不死的：

　　　　　我，我要睡……

十二月二十五日晚六时完成

附录

给小曼

（《翡冷翠的一夜》的序）

小曼：

　　如其送礼不妨过期到一年的话，小曼，请你收受这一集诗，算是纪念我俩结婚的一份小礼。秀才人情当然是见笑的，但好在你的思想，眉，本不在金珠宝石间！这些不完全的诗句，原是不值半文钱，但在我这穷酸，说也脸红，已算是这三年来唯一的积蓄。我不是诗人，我自己一天明白似一天，更不须隐讳；狂妄的虚潮早经消退，余剩的只一片粗确的不生产的砂田，在海天的荒凉中自艾。"志摩感情之浮，使他不能为诗人，思想之杂，使他不能为文人。"

　　这是一个朋友给我的评语。煞风景，当然，但我的幽默不容我不承认他这来真的辣入骨髓的看透了我。煞风景，当然，但同时我却感到一种解放的快乐——

　　"我不想成仙，蓬莱不是我的分

　　我只要地面，情愿安分的做人"……

　　本来是！如其诗句的来，诗人济慈说"不像是叶子那么长上树枝，那还不如不来的好"。我如其曾经有过一星星诗的本能，这几年都市的生活早就把它压死，这一年间我只淘成了一首诗，前途更是渺茫，唉，不来也吧，只是我怕辜负你的期望，眉，我如何能不感到惆怅！因此这一卷诗，大约是末一卷吧，我不能不郑重的献致给你，我爱，请你留了它，只当它是一件不稀希的古董，一点不成品的纪念……

志摩　八月二十三日花园别墅

序 文
(《猛虎集》的序)

在诗集子前面说话不是一件容易讨好的事。说得近于夸张了自己面上说不过去，过分谦恭又似乎对不起读者。最干脆的办法是什么话也不提，好歹让诗篇它们自身去承当。但书店不肯同意；他们说如其作者不来几句序言，书店做广告就无从着笔。作者对于生意是完全外行，但他至少也知道书卖得好不仅是书店有利益，他自己的版税也跟着像样，所以书店的意思，他是不能不尊敬的。事实上我已经费了三个晚上，想写一篇可以帮助广告的序。可是不相干，一行行写下来只是仍旧给涂掉，稿纸糟蹋了不少张，诗集的序终究还是写不成。

况且写诗人一提起写诗他就不由得伤心。世界上再没有比写诗更惨的事；不但惨，而且寒伧。就说一件事，我是天生不长髭须的，但为了一些破烂的句子，就我也不知曾经捻断了多少根想象的长须！

这姑且不去说它。我记得我印第二集诗的时候曾经表示过此后不再写诗一类的话。现在如何又来了一集，虽则转眼间四个年头已经过去。就算这些诗全是这四年内写的，（实在有几首要早到十三年份）每年平均也只得十首，一个月还派不到一首，况且又多是短短一橛的。诗固然不能论长短，如同 Whistler 说画幅是不能用田亩来丈量的。但事实是咱们这年头一口气总是透不长——诗永远是小诗，戏永远是独幕，小说永远是短篇。每回我望到莎士比亚的戏，丹丁的《神曲》，歌德的《浮士德》一类作品，比方说，我就不由的感到气馁，觉得我们即使有一些声音，那声音是微细得随时可以用一个小姆指给掐死的。天呀！哪天我们才可以在创作里看到使人起敬的东西？哪天我们这些细嗓子才可以豁免混充大花脸的急涨的苦恼？

说到我自己的写诗，那是再没有更意外的事了。我查过我的家谱，从永乐以来我们家里没有写过一行可供传诵的诗句。在二十四岁以前我对于诗的兴味远不如我对于相对论或民约论的兴味。我父亲送我出洋留学是要我将来进金融界的，我自己最高的野心是想做一个中国的 Hamilton！在二十四岁以前，诗，不论新旧，于我是完全没有相干。我这样一个人如果真会成为一个诗人——那还有什么话说？

但生命的把戏是不可思议的！我们都是受支配的善良的生灵，哪件事我们作得了主？整十年前我吹着了一阵奇异的风，也许照着了什么奇异的月色，从此起我的思想就倾向于分行的抒写。一份深刻的忧郁占定了我。这忧郁，我信，竟于渐渐的潜化了我的气质。

话虽如此，我的尘俗的成分并没有甘心退让过，诗灵的稀小的翅膀，尽他们在那里腾扑，还是没有力量带了这整份的累坠往天外飞的。且不说诗化生活一类的理想那是谈何容易实现，就说平常在实际生活的压迫中偶尔挣出八行十二行的诗句都是够艰难的。尤其是最近几年，有时候自己想着了都害怕：日子悠悠的过去内心竟可以一无消息，不透一点亮，不见丝纹的动。我常常疑心这一次是真的干了完了的。如同契珂腊的一身美是问神道通融得来，限定日子要交还的，我也时常疑虑到我这些写诗的日子也是什么神道因为怜悯我的愚蠢暂时借给我享用的非分的奢侈。我希望他们可怜一个人可怜到底！

一眨眼十年已经过去。诗虽则连续的写，自信还是薄弱到极点。"写是这样写下了，"我常自己想，"但准知道这就能算是诗吗？"就经验说，从一点意思的晃动到一篇诗的完成，这中间几字没有一次不经过唐僧取经似的苦难的。诗不仅是一种分娩，它并且往往是难产！这份甘苦是只有当事人自己知道。一个诗人，到了修养极高的境界，如同泰戈尔先生，比方说，也许可以一张口就有精圆的珠子吐出来，这事实上我亲眼见过来的，不打谎，但像我这样既无天才又少修养的人如何说得上？

只有一个时期我的诗情真有些像是山洪暴发，不分方向的乱冲。那就是我最早写诗那半年，生命受了一种伟大力量的震撼，什么半成熟的未成熟的意念都在指颐间散作缤纷的花雨。我那时是绝无依傍，也不知顾虑，心头有什么郁积，就付托腕底胡乱给爬梳了去，救命似的迫切，哪还顾得了什么美丑！我在短时期内写了很多，但几乎全部都是见不得人面的。这是一个教训。

我的第一集诗——《志摩的诗》——是我十一年回国后两年内写的。在这集子里初期的汹涌性虽已消减，但大部分还是情感的无关阑的泛滥，什么诗的艺术或技巧都谈不到。这问题一直要到民国十五年我和一多今甫一群朋友在《晨报副镌》刊行《诗刊》时方才开始讨论到。一多不仅是诗人，他也是最有兴味探讨诗的理论和艺术的一个人。我想这五六年来我们几个写诗的朋友多少都受到《死水》的作者的影响。我的笔本来是最不受羁勒的一匹野马，看到了一多的谨严的作品我方才憬悟到我自己的野性，但我素性的落拓始终不容我追随一多他们在诗的理论方面下过任何细密的工夫。

我的第二集诗——《翡冷翠的一夜》——可以说是我的生活上的又一个较大的波折的留痕。我把诗稿送给一多看，他回信说"这比《志摩的诗》确乎是进步了——一个绝大的进步。"他的好话我是最愿意听的，但我在诗的"技巧"方面还是那愣生生的丝毫没有把握。

最近这几年生活不仅是极平凡，简直是到了枯窘的深处。跟着诗的产量也尽"向瘦小里耗"。要不是去年在中大认识了梦家和玮德两个年青的诗人，他们对于诗的热情在无形中又鼓动了我奄奄的诗心，第二次又印《诗刊》，我对于诗的兴味，我信，竟可以消沉到几于完全没有。今年在六个月内在上海与北京间来回奔波了八次，遭了母丧，又有别的不少烦心的事，人是疲乏极了的，但继续的行动与北京的风光却又在无意中摇活了我久蛰的性灵。抬起头居然又见到天了。眼睛睁开了心也跟着开始了跳动。嫩芽的青紫，劳苦社会的光与影，悲欢的图案。一切的动，一切的静，重复在我的眼前展开，有声色与有情感的世界重复为我存在。这仿佛是为了要挽救一个曾经有单纯信仰的流入怀疑的颓废，那在帷幕中隐藏着的神通又在那里栩栩的生动，显示它的博大与精微，要他认清方向，再别错走了路。

我希望这是我的一个真的复活的机会。说也奇怪，一方面虽则明知这些偶尔写下的诗句，尽是些"破破烂烂"的，万谈不到什么久长的生命，但在作者自己，总觉得写得成诗不是一件坏事，这至少证明一点性灵还在那里挣扎，还有它的一口气。我这次印行这第三集诗没有别的话说，我只要借此告慰我的朋友，让他们知道我还有一口气，还想在实际生活的重重压迫下透出一些声响来的。

你们不能更多的责备。我觉得我已是满头的血水，能不低头已算是好的。你们也不用提醒我这是什么日子，不用告诉我这遍地的灾荒，与现有的以及在隐伏中的更大的变乱，不用向我说今天就有千万人在大水里和身子浸着，或是有千千万人在极度的饥饿中叫救命，也不用劝告我说几行有韵或无韵的诗句是救不活半条人命的，更不用指点我说我的思想是落伍或是我的韵脚是根据不合时宜的意识形态的……这些，还有别的很多，我知道，我全知道。你们一说到只是叫我难受又难受。我再没有别的话说，我只要你们记得有一种天教歌唱的鸟不到呕血不住口，它的歌里有它独自知道的别一个世界的愉快，也有它独自知道的悲哀与伤痛的鲜明。诗人也是一种痴鸟，他把他的柔软的心窝紧抵着蔷薇的花刺，口里不住的唱着星月的光辉与人类的希望，非到他的心血滴出来把白花染成大红他不住口。他的痛苦与快乐是浑成的一片。

序

（《云游》的序）

陆小曼

　　我真是说不出的悔恨，为什么我以前老是懒得写东西。志摩不知逼我几次，要我同他写一点序，有两回他将笔墨都预备好，只叫随便涂几个字，可是我老是写不到几行，不是头晕即是心跳，只好对着他发愣，抬头望着他的嘴，盼他吐出圣旨来我即可以立时的停笔。那时间他也只得笑着对我说："好了，好了，太太我真拿你没有办法，去耽着吧！回头又要头痛了。"走过来掷去了我的笔，扶了我就此耽下了，再也不想接续下去。我只能默默然的无以相对，他也只得对我干笑，几次的张罗结果终成泡影。

　　又谁能料到今天在你去后我才真的认真的算动笔写东西，回忆与追悔将我的思潮模糊得无从捉摸。说也惨，这头一次的序竟成了最后的一篇，哪得叫我不一阵心酸，难道说这也是上帝早已安排定了的么？

　　不要说是写序我不知道应该如何落笔，压根儿我就不会写东西，虽然志摩常说我的看东西的决断比谁都强，可是轮到自己动笔就抓瞎了。这也怪平时太懒的缘故。志摩的东西说也惭愧多半没有读过，这一件事有时使得他很生气的。也有时偶尔看一两篇，可从来也未曾夸过他半句，不管我心里是多么的叹服，多么赞美我的摩。有时他若自读自赞的，我还要骂他臭美呢。说也奇怪要是我不喜欢的东西，只要说一句"这篇不太好"他就不肯发表。有时我问他，你怪不怪我老是这样苛刻的批评你，他总说："我非但不怪你，还爱你能时常的鞭策，我不要容我有半点的'臭美'，因为只有你肯说实话，别人老是一味恭维。"话虽如此，可是有时他也怪我为什么老是好像不稀罕他写的东西似的。

其实我也同别人一样的崇拜他，不是等他过后我才夸他，说实话他写的东西是比一般人来的俏皮。他的诗有几首真是写得像活的一样，有的字用得别提多美呢！有些神仙似的句子看了真叫人神往，叫人忘却人间有烟火气。他的体格真是高超，我真服他从什么地方想出来的。诗是没有话说不用我赞，自有公论。散文也是一样流利，有时想学也是学不来的。但是他缺少写小说的天才，每次他老是不满意，我看了也是觉得少了点什么似的，也不知道是什么道理，我这一点浅薄的学识便说不出所以然来。

洵美叫我写摩的《云游》的序，我还不知道他这《云游》是几时写的呢！云游？可不是，他真的云游去了，这一本怕是他最后的诗集了，家里零碎的当然还有，可是不知够一本不。这些日因为成天的记忆他，只得不离手的看他的信同书，愈好当然愈是伤感，可叹奇才遭天妒，从此我再也见不着他的可爱的诗句了。

当初他写东西的时候，常常喜欢我在书桌边上捣乱，他说有时在逗笑的时间往往有绝妙的诗意不知不觉的驾临的，他的《巴黎的鳞爪》、《翡冷翠的一夜》都是在我的又小又乱的书桌上出产的。书房书桌我也不知道给他预备过多少次，当然比我的又清又洁，可是他始终不肯独自静静的去写的，人家写东西，我知道是大半喜欢在人静更深时动笔的，他可不然，最喜欢在人多的地方，尤其是离不了我，除非我不在他的身旁。我是一个极懒散的人，最不知道怎样收拾东西，我书桌上是乱的连手都几乎放不下的，当然他写完的东西我是轻易也不会想着给收拾好，所以他隔夜写的诗常常次晨就不见了，嘟着嘴只好怨我几声。现在想来真是难过，因为诗意偶然得来的是不容易再来的，我不知毁了他多少首美的小诗，早知他要离开我这样的匆促，我赌咒也不那样的大意的。真可恨，为什么人们不能知道将来的一切。

我写了半天也不知道胡诌了些什么，头早已晕了，手也发抖了，心也痛了，可是没有人来掷我的笔了。四周只是寂静，房中只闻滴答的钟声，再没有志摩的"好了，好了"的声音了。写到此地不由我阵阵的心酸，人生的变态真叫人难以琢磨，一霎眼，一皱眉，一切都可以大翻身。我再也想不到我生命道上还有这一幕悲惨的剧。人生太可怪了。

我现在居然还有同志摩写一篇序的机会，这是我早答应过他而始终没有实行的，将来我若出什么书是再也得不着他半个字了，虽然他也早已答应过我的。看起来还是他比我运气，我从此只成单独的了。

我再也写不下去了，没有人叫我停，我也只得自己停了。我眼前只是一阵阵的模糊，伤心的血泪充满着我的眼眶，再也分不清白纸与黑墨。志摩的幽魂不知到底有一些回忆能力不？你若搁笔还不见持我笔的手！

小曼，二〇，一二，三〇

徐志摩去世后挽联、挽诗、祭文

徐申如

考史诗所载，沉湘捉月，文人横死，各有伤心，尔本超然，岂期邂逅罡风，亦遭惨劫；

自襁褓以来，求学从师，夫妇保持，最怜独子，母今逝矣！忍使凄凉老父，重赋招魂。

张幼仪

万里快鹏飞，独憾翳云遂失路；

一朝惊鹤化，我怜弱息去招魂。

陆小曼

多少前尘成噩梦，五载哀欢，匆匆永诀，天道复奚论，欲死未能因母老；

万千别恨向谁言，一身愁病，渺渺离魂，人间应不久，遗文编就答君心。

孙荫轩

讲幄谬参，三十年前晨夕欣从，初学聪明超侪辈；

行程远大，三千里外风云倏变，中华文化失传人。

查猛济

司勋绮语焚难尽；

仆射余情忏较多。

郁达夫

其一

新诗传宇宙，竟尔乘风归去，同学同庚，老友如君先宿草；

华表托精灵，何当化鹤重来，一生一死，深闺有妇赋招魂。

其二

两卷新诗，廿年旧友，相逢同是天涯，只为佳人难再得；

一声河满，九点齐烟，化鹤重归华表，应愁高处不胜寒。

蔡元培

谈话是诗，举动是诗，毕生行径都是诗，诗的意味渗透了，随遇自有乐土；

乘船可死，驱车可死，斗室生卧也可死，死于飞机偶然者，不必视为畏途。

江小鹣

前身原是飞仙，四海倦游归，忽驾长风卜青冥；

故国不堪回首，百年应有恨，未能投笔向辽阳。

章士钊
器利国滋昏，事同无定河边，虾种横行，壮志奈何齑粉化；
文章交有道，忆到南皮宴上，龙头先去，新诗至竟结缘难。

又诗一首云：
诗人访我海西偏，慨解腰围赠一编。展卷未遑还索取，新诗至竟我
无缘。

张树森（字仲梧）
噩梦千里，再见难期，最可怜父老母亡，妻孥子幼，忽与刘安同升，
真堪一恸；
耿报二传，惊心欲裂，惨莫如仙龙佛化，骨碎头焦，若比仲由之醢，
更苦十分。

祭文：
维中华民国二十一年，岁在玄默涒滩辜月之望，越十有三日庚申宜祭
之辰，谨以只鸡斗酒之奠，致祭于志摩同学徐君之灵曰：
呜呼！何琪花之易萎，叹玉树之早埋，学海翻澜，读石麟之遗稿，书
台在望，盼飞熊之重生，向蛉写恨，醍醐迎神，悲心曷已。当其游学两
洲，枕菲群集，读拉丁之文，习伕卢之字，披欧风，沾墨雨，撷精华于大
秦，输文化于中华。爰归沪渎，迎客燕台，乘机而往，等列子之御风，如
翚斯飞，遇蚩尤之作雾，峰峦暗触，霹雳惊鸿，上客焦颈，烈士碎骨，兰

报遥传，楚些齐哭。今者玉溪诗人，魂归黄土，金荃词客，埋骨青山。森等迎执绋，铭墓无才，敬酾旨酒，伫望灵旗。呜呼！哀哉！尚飨。

张惠衣
平生具绝世风华，试看几卷新诗，宛如月逗孤云，花散文锦；

一死亦半空霹雳，传与千秋遗事，惨遇赋鹏贾传，抱石灵均。

郑午昌（名昶）
太息浮生同落叶；

本来才调是飞仙。

张歆海
十数年相知，情同手足；

一刹那惨别，痛彻肺腑。

韩湘眉
温柔诚挚，乃朋友中朋友；

纯洁天真，是诗人的诗人。

杨杏佛
红妆齐下泪，青鬓早成名，最怜落拓奇才，遗爱新诗双不朽；

小别竟千秋，高谈犹昨日，凭吊飘零词客，天荒地老独飞还。

汪亚尘

独创新吟，奇死亦晓诗意；

雄飞失坠，阴霾竟葬青年。

陈梦家

泰山其颓乎？志摩魂飞九霄而何曾颓。

梁木其坏乎？志摩誉播万邦而何曾坏。

哲人其萎乎？志摩精神不死而何曾萎。

沈佐辰（名葆恩）

一周星两丧诗人，苏之南湖（廉泉），浙之东海；

八阅月重挥悲泪，昔哭老姊，今哭贤甥。

朱起凤（字丹九）

有志竟成，藉甚声名蜚北海；

斯文将丧，褒然冠冕毁南州。

何家槐

继往开来，卷帙永留人世，

瞻前顾后，诗魂常绕泰山。

郑晓沧（名宗海）

旷代逸才，万种风情无地着；

刹那奇梦，中年哀乐一时消。

志摩吾友遗著双栝老人篇中，亟称林长民先生"万种风情无地着"之句，今以此语相移赠，志摩有灵必当首肯。

费寅（字景韩）

惨矣祸诗人，天未丧文，道竟坠地；

壮哉成烈士，气冲霄汉，名满寰区。

李惟建、黄庐隐合挽

叹君风度比行云，来也飘飘，去也飘飘；

嗟我衷歌吊诗魂，风何凄凄，雨何凄凄。

梅兰芳

归神于九霄之间，直看噎籁成诗，更忆招花微笑貌；

北来无三日不见，已诺为余编剧，谁怜推枕失声时。

钱新之（名永铭）

豪情跌宕，文采风流，新月新诗广陵散；

逸兴遄飞，黄泉碧落，奇人奇死破天荒。

张孝若

中国诗人独数君，一飞竟报丧斯文。冰霜哀乐都成梦，文采风流最不群。

猛虎集成传绝笔，开山顶上作天坟。年来家国无穷感，野哭哀鸿未忍闻。

志摩吾兄之丧，既悼以一文一联，意有未尽，复成一律句，书而系于花环以挽之，哀意仍未尽，更作二绝以吊诗人：
（一）
残冬绝塞望辽阳，月黑天低敌正强。
举世无愁巢下覆，奈何竟死党家庄。
（二）
驰名海国信无伦，肝胆论交见性真。
天外恒河云树净，伤心更有老诗人。

叶恭绰
粉碎向虚空，昆玉真惊成并尽，
文章憎命达，云鹏应悔不高飞。

又挽诗云：

志摩之变，酸辛累日。闻遗蜕至沪，乃勉为一诗以述其哀。世变至此，生存本无意义，然不料志摩解脱之速，且其遇之酷也。尘世无常，生死事大，吾徒宜知其警焉。

两仪塞祸殃，万流同一酷。岂意吾志摩，翻空出奇局。焚身委风火，血肉迷川谷。性命呼吸间，一息不可续。哀哉星星焰，遂烬昆冈玉。趋死有百途，何辜此涂毒。恨不死沙场，稍雪为奴辱。盍不死洪水，全归犹瞑目。天地本不仁，祸福相倚伏。赋君一何优，夺之复何速。修短纵有数，景命胡太促。乱世死亦佳，胡效共工触（飞机触山峰以致祸）。御风良快意，讵乃趋岱录（地近泰山）。云鹏甘低飞，何期遇却曲（飞机以低飞肇事）。仪容犹在眼，缄扎赫盈椟。遂已判幽明，往迹无由复。顾增膏兰感，自处穷雁木。伤逝益自念，万恨垂胸腹。文囿莽萧萧，月色沉南陆（君于《新月》杂志屡有撰述）。高名虽永在，奸良恨难赎。残魂倘归来，望断开山麓（地名开山）。

黄炎培

天纵奇才死亦奇，云车风马想威仪。

卅年哀乐春婆梦，留与人间一卷诗。

白门哀柳锁斜烟，黑水寒螯动九边。

料得神州无死所，故飞吟蜕入寥天。

新月娟娟笔一枝，是清非薄不凡姿。

光华十里联秋驾，哭到交情意已私。

纪念志摩去世四周年 ^①

林徽因

今天是你走脱这世界的四周年！朋友，我们这次拿什么来纪念你？前两次的用香花感伤地围上你的照片，抑住嗓子底下叹息和悲哽，朋友和朋友无聊地对望着，完成一种纪念的形式，俨然是愚蠢的失败。因为那时那种近于伤感，而又不够宗教庄严的举动，除却点明了你和我们中间的距离，生和死的间隔外，实在没有别的成效；几乎完全不能达到任何真实纪念的意义。

去年今日我意外地由浙南路过你的家乡，在昏沉的夜色里我独立火车门外，凝望着那幽暗的站台，默默地回忆许多不相连续的过往残片，直到生和死间居然幻成一片模糊，人生和火车似的蜿蜒一串疑问在苍茫间奔驰。我想起你的：

> 火车禽（擒）住轨，在黑夜里奔
> 过山，过水，过……

如果那时候我的眼泪曾不自主地溢出睫外，我知道你定会原谅我的。你应当相信我不会向悲哀投降，什么时候我都相信倔强的忠于生的，即使人生如你底下所说：

---

① 发表于 1935 年 12 月 8 日《大公报·文艺》第 56 期星期特刊。

就凭那精窄的两道，算是轨，

驮着这份重，梦一般的累坠！

就在那时候我记得火车慢慢地由站台拖出，一程一程地前进，我也随着酸怆的诗意，那"车的呻吟"，"过荒野，过池塘……过喋口的村庄"。到了第二站——我的一半家乡。

今年又轮到今天这一个日子！世界仍旧一团糟，多少地方是黑云布满着粗筋络往理想的反面猛进，我并不在瞎说，当我写：

信仰只一细炷香，

那点子亮再经不起西风

沙沙的隔着梧桐树吹

朋友，你自己说，如果是你现在坐在我这位子上，迎着这一窗太阳：眼看着菊花影在墙上描画作态；手臂下倚着两叠今早的报纸；耳朵里不时隐隐地听着朝阳门外"打靶"的枪弹声；意识的，潜意识的，要明白这生和死的谜，你又该写成怎样一首诗来，纪念一个死别的朋友？

此时，我却是完全的一个糊涂！习惯上我说，每桩事都像是造物的意旨，归根都是运命，但我明知道每桩事都有我们自己的影子在里面烙印着！我也知道每一个日子是多少机缘巧合凑拢来拼成的图案，但我也疑问其间的摆布谁是主宰。据我看来：死是悲剧的一章，生则更是一场悲剧的主干！我们这一群剧中的角色自身性格与性格矛盾；理智与情感两不相容；理想与现实当面冲突，侧面或反面激成悲哀。日子一天一天向前转，昨日和昨日堆垒起来混成一片不可避脱的背景，做成我们周遭的墙壁或气氛，那么结实又那么缥渺，使我们每一人站在每一天的每一个时候里都是那么主要，又是那么渺小无能为力！

此刻我几乎找不出一句话来说，因为，真的，我只是个完全的糊涂；感到生和死一样的不可解，不可懂。

但是我却要告诉你，虽然四年了你脱离去我们这共同活动的世界，本身停掉参加牵引事体变迁的主力，可是谁也不能否认，你仍立在我们烟涛渺茫的背景里，间接地是一种力量，尤其是在文艺创造的努力和信仰方面。间接地你任凭自然的音韵，颜色，不时的风轻月白，人的无定律的一切情感，悠断悠续地仍然在我们中间继续着生，仍然与我们共同交织着这生的纠纷，继续着生的理想。你并不离我们太远。你的身影永远挂在这里那里，同你生前一样的飘忽，爱在人家不经意时莅止，带来勇气的笑声也总是那么嘹亮，还有，还有经过你热情或焦心苦吟的那些诗，一首一首仍串着许多人的心旋转。

说到你的诗，朋友，我正要正经的同你再说一些话。你不要不耐烦。这话迟早我们总要说清的。人说盖棺论定，前者早已成了事实，这后者在这四年中，说来叫人难受，我还未曾读到一篇中肯或诚实的论评，虽然对你的赞美和攻评由你去世后一两周间，就纷纷开始了。但是他们每人手里拿的都不像纯文艺的天平；有的喜欢你的为人，有的疑问你私人的道德；有的单单尊崇你诗中所表现的思想哲学，有的仅喜爱那些软弱的细致的句子，有的每发议论必须牵涉到你的个人生活之合乎规矩方圆，或断言你是轻薄，或引证你是浮奢豪侈！朋友，我知道你从不介意过这些，许多人的浅陋老实或刻薄处你早就领略过一堆，你不止未曾生过气，并且常常表现怜悯同原谅；你的心情永远是那么洁净；头老抬得那么高；胸中老是那么完整的诚挚；臂上老有那么许多不折不挠的勇气。但是现在的情形与以前却稍稍不同，你自己既已不在这里，做你朋友的，眼看着你被误解，曲解，乃至于谩骂，有时真忍不住替你不平。

但你可别误会我心眼儿窄，把不相干的看成重要，我也知道误解曲解谩骂，都是不相干的，但是朋友，我们谁都需要有人了解我们的时候，真了解了我们，即使是痛下针砭，骂着了我们的弱处错处，那整个的我们却因而更增添了意义，一个作家文艺的总成绩更需要一种就文论文，就艺术论艺术的和平判断。

你在《猛虎集》"序"中说"世界上再没有比写诗更惨的事"，你却并未说明为什么写诗是一桩惨事，现在让我来个注脚好不好？我看一个人一生为着一个愚诚的倾向，把所感受到的复杂的情绪尝味到的生活，放到自己的理想和信仰的锅炉里烧炼成几句悠扬铿锵的语言（哪怕是几声小唱），来满足他自己本能的艺术的冲动，这本来是个极寻常的事。哪一个地方哪一个时代，都不断有这种人。轮着做这种人的多半是为着他情感来的比寻常人浓富敏锐，而为着这情感而发生的冲动更是非实际的——或不全是实际的——追求，而需要那种艺术的满足而已。说起来写诗的人的动机多么简单可怜，正是如你"序"里所说"我们都是受支配的善良的生灵"！虽然有些诗人因为他们的成绩特别高厚广阔包括了多数人，或整个时代的艺术和思想的冲动，从此便在人间披上神秘的光圈，使"诗人"两字无形中挂着崇高的色彩。这样使一般努力于用韵文表现或描画人在自然万物相交错时的情绪思想的，便被人的成见看做夸大狂的旗帜，需要同时代人的极冷酷地讥讪和不信任来扑灭它，以挽救人类的尊严和健康。

我承认写诗是惨淡经营，孤立在人中挣扎的勾当，但是因为我知道太清楚了，你在这上面单纯的信仰和诚恳的尝试，为同业者奋斗，卫护他们的情感的愚诚，称扬他们艺术的创造，自己从未曾求过虚荣，我觉得你始终是很逍遥舒畅的。如你自己所说："满头血水"，你"仍不曾低头"，你自己相信"一点性灵还在那里挣扎"，"还想在实际生活的重重压迫下透出一些声响来"。

简单地说，朋友，你这写诗的动机是坦白不由自主的，你写诗的态度是诚实，勇敢而倔强的。这在讨论你诗的时候，谁都允得明了的。

至于你诗的技巧问题，艺术上的造诣，在这新诗仍在彷徨歧路的尝试期间，谁也不能坚决地论断，不过有一桩事我很想提醒现在讨论新诗的人，新诗之由于无条件无形制宽泛到几乎没有一定的定义时代，转入这讨论外形内容，以至于音节韵脚章句意象组织等艺术技巧问题的时期，即是根据着对这方面努力尝试过的那一些诗，你的头两个诗集子就是供给这些讨论见解最多材料的根据。外国的土话说"马总得放在马车的前面"不是？没有一些尝试的成绩放在那里，理论家是不能老在那里发一堆空头支票的，不是？

你自己一向不止在那里倔强地尝试用功，你还会用尽你所有活泼的热心鼓励别人尝试，鼓励"时代"起来尝试——这种工作是最犯风头嫌疑的，也只有你胆子大头皮硬顶得下来！我还记得你要印诗集子时，我替你捏一把汗，老实说还替你在有文采的老前辈中间难为情过，我也记得我初听到人家找你办《晨报副刊》时我的焦急，但你居然板起个脸抓起两把鼓槌子为文艺吹打开路乃至于扫地，铺鲜花，不顾旧势力的非难，新势力的怀疑，你干你的事，"事有人为，做了再说"那股子劲，以后别处也还很少见。

现在你走了，这些事渐渐在人的记忆中模糊下来，你的诗和文章也散漫在各小本集子里，压在有极新鲜的封皮的新书后面，谁说起你来，不是马马虎虎地承认你是过去中一个势力，就是拿能够挑剔看轻你的诗为本事（散文人家很少提到，或许"散文家"没有诗人那么光荣，不值得注意），朋友，这是没法子的事，我却一点不为此灰心，因为我有我的信仰。

我认为我们这写诗的动机既如前面所说那么简单愚诚；因在某一时，或某一刻敏锐地接触到生活上的锋芒，或偶然地触遇到理想峰巅上云彩星霞，不由得不在我们所习惯的语言中，编缀出一两串近于音乐的句子来，慰藉自己，解放自己，去追求超实际的真实，读诗者的反应一定有一大半也和我们这写诗的一样诚实天真，仅想在我们句子中间由音乐性的愉悦，接触到一些生活的底蕴渗合着美丽的憧憬；把我们的情绪给他们的情绪搭起一座浮桥；把我们的灵感，给他们生活添些新鲜；把我们的痛苦伤心再揉成他们自己忧郁的安慰！

我们的作品会不会再长存下去，就看它们会不会活在那一些我们从来不认识的人，我们作品的读者，散在各时、各处互相不认识的孤单的人的心里的，这种事它自己有自己的定律，并不需要我们的关心的。你的诗据我所知道的，它们仍旧在这里浮沉流落，你的影子也就浓淡参差地系在那些诗句中，另一端印在许多不相识人的心里。朋友，你不要过于看轻这种间接的生存，许多热情的人他们会为着你的存在，而加增了生的意识的。伤心的仅是那些你最亲热的朋友们和同兴趣的努力者，你不在他们中间的事实，将要永远是个不能填补的空虚。

你走后大家就提议要为你设立一个"志摩奖金"来继续你鼓励人家努力诗文的素志，勉强象征你那种对于文艺创造拥护的热心，使不及认得你的青年人永远对你保存着亲热。如果这事你不觉到太寒伧不够热气，我希望你原谅你这些朋友们的苦心，在冥冥之中笑着给我们勇气来做这一些蠢诚的事吧。

二十四年十一月十九日，北平